Bianca™

Sharon Kendrick

El duque y la cantante

Editado por HARLEQUIN IBÉRICA, S.A.
Núñez de Balboa, 56
28001 Madrid

I.S.B.N.: 978-84-687-2411-9
Depósito legal: M-42109-2012
Editor responsable: Luis Pugni
Fotomecánica: M.T. Color & Diseño, S.L. Las Rozas (Madrid)
Impresión en Black print CPI (Barcelona)
Fecha impresion para Argentina: 9.9.13
Distribuidor exclusivo para España: LOGISTA
Distribuidor para México: CODIPLYRSA
Distribuidores para Argentina: interior, BERTRAN, S.A.C. Vélez
Sársfield, 1950. Cap. Fed./ Buenos Aires y Gran Buenos Aires,
VACCARO SÁNCHEZ y Cía, S.A.

Capítulo 1

ERA el club nocturno más sórdido en el que había entrado nunca y Titus Alexander no pudo evitar estremecerse, le daba asco. Ajeno a las miradas curiosas que atraía su aspecto aristocrático, se sentó en una silla endeble y miró a su alrededor.

El local estaba lleno de gente con la que no habría querido encontrarse por la calle en medio de la noche y las camareras iban vestidas de manera que habría podido considerarse sexy si no hubiesen tenido todas unos quince kilos de más. Se quedó inmóvil al encontrarse peligrosamente cerca de la cara un enorme par de pechos y vio cómo le servían una copa que no pensaba ni tocar. Y luego volvió a preguntarse quién en su sano juicio querría trabajar en un antro así.

Apoyó la espalda en el respaldo de la silla, miró hacia el escenario y se recordó que no estaba allí para criticar el sitio, sino para ver a una mujer. A una mujer que...

Sus pensamientos se vieron interrumpidos por

el sonido de un piano y por el discurso farragoso del presentador.

—Señoras y caballeros. Esta noche, me enorgullece presentarles a una leyenda de la canción. Una mujer que ha sido número uno en quince países. Una mujer que, con su grupo, The Lollipops, consiguió una fama con la que cualquiera de nosotros ni siquiera podría soñar. Se ha codeado con la realeza y con políticos, pero esta noche es solo para nosotros. Así que, por favor, un aplauso para la bella y prodigiosa... ¡Roxanne... Carmichael!

El aplauso en el club medio vacío fue esporádico y Titus dio un par de palmadas mientras veía cómo salía una mujer al escenario y todo su cuerpo se ponía tenso.

Roxanne Carmichael.

Frunció el ceño. ¿De verdad era ella?

Había oído hablar mucho de aquella mujer. Y había leído mucho de ella. La había visto en la portada de alguna revista vieja, mirándolo con sus ojos de gata, y con aquel cuerpo de líneas elegantes con el que había anunciado de todo, desde diamantes hasta chubasqueros. Roxanne Carmichael representaba todo lo que él despreciaba, con su llamativa belleza y una larga lista de amantes. Porque él, con respecto al sexo, tenía la misma doble moral que muchos de su clase. No estaba seguro de lo que había esperado encontrarse al verla en persona por primera vez, pero sí sabía que no había imaginado que se le encogería así el estómago del deseo. Y todavía no entendía el motivo.

Tal vez era porque aquella mujer no se parecía en nada a la provocativa criatura cuyo grupo de música había tenido éxito internacional unos años antes. Por aquel entonces iba vestida con unas medias rotas y un uniforme de colegiala con la falda demasiado corta, y siempre iba chupando de manera provocadora un chupa-chups. Según había ido aumentando su éxito, el grupo había eliminado de su imagen los chupa-chups y los uniformes, pero había seguido vistiéndose de manera sexy. Era el tipo de mujer que uno nunca llevaría a casa para presentársela a su madre. Sin duda alguna, Roxanne Carmichael había estado a la altura de su reputación de chica rebelde.

Recorrió su cuerpo con la mirada. No había engordado con el paso de los años. De hecho, a excepción de la deliciosa curva de sus pechos, que Titus dudaba que fuesen naturales, estaba bastante delgada. Sus marcados pómulos se veían enfatizados por unas profundas ojeras y tenía la mandíbula afilada. La melena que antaño había brillado con multitud de reflejos de todos los colores era en esos momentos una cortina de un natural rubio oscuro que le caía sobre los hombros.

Pero sus ojos seguían siendo igual de azules y sus labios todavía parecían capaces de incitar a un hombre a pecar. A pesar de los vaqueros desgastados y la camiseta con lentejuelas, Titus tuvo que admitir que se movía con una gracia natural, aunque pareciese cansada. Hastiada. Como una mujer que hubiese visto demasiado. «Seguro que ha visto demasiado», pensó él mientras la veía tomar el micrófono y acercárselo a los labios color escarlata.

–Hola a todo el mundo –dijo, mirando alrededor de la sala–. Soy Roxy Carmichael y esta noche estoy aquí para entretenerlos.

–¡Puedes venir a entretenerme cuando quieras, Roxy! –gritó un hombre desde el fondo del club.

Y alguien rio.

Hubo una pausa. Titus pensó que Roxanne iba a cambiar de idea. Por un instante, le pareció casi vulnerable. Era como si alguien la hubiese hecho subir a aquel escenario por error y no supiese qué tenía que hacer. Y entonces abrió la boca y empezó a cantar y, a pesar de todo, él se emocionó al oír la primera nota. Se puso cómodo en su silla y mientras la escuchaba, sintió que sus sentidos se despertaban sin su permiso. Así que tenía talento de verdad.

La actuación pasó entre nubes. Roxanne cantó acerca del amor y la pérdida. Echó la cabeza hacia atrás, como en un éxtasis silencioso y Titus volvió a sentir tensión en la bragueta. La última canción terminó con un suave suspiro y él tuvo que salir del encantamiento en el que había estado sumido. Tuvo que dejar de imaginarse aquellos increíbles labios cantando por su cuerpo y recordar quién era aquella mujer en realidad. Una fulana a la que solo le interesaba el dinero. Se preguntó cómo podía ser tan despiadada, cómo podía estar tan desesperada para robarle el marido a otra mujer solo por dinero.

Roxanne terminó la actuación bruscamente, abrió los ojos después de la última canción como si acabase de despertar de un sueño y le sorprendiese encontrarse en aquel tugurio. Agradeció el breve aplauso cantando otra canción y poco después desapareció.

El pianista fue en dirección a la barra, la polvorienta cortina de terciopelo cayó y Titus se levantó y se puso el abrigo, era extraño, pero se sentía sucio. Era como si el aire cargado del local se le hubiese pegado a la piel y se sintió aliviado al salir al exterior y respirar el aire frío de la noche.

Dio la vuelta al edificio y llamó a una puerta, donde apareció una mujer gruesa, de mediana edad.

–¿En qué puedo ayudarlo?

–Me gustaría ver a Roxy Carmichael.

–¿Lo está esperando?

–No exactamente.

La mujer frunció el ceño.

–¿Es periodista?

Titus sonrió con ironía. ¿Acaso tenía aspecto de periodista? Negó con la cabeza.

–No, no soy periodista.

–Roxy no recibe visitas –le dijo la mujer.

–¿Está segura? –le preguntó Titus, sacándose la cartera y ofreciéndole un billete–. ¿Por qué no se lo vuelve a preguntar?

La mujer pareció dudar un instante antes de tomar el billete y metérselo en el bolsillo del vestido.

–No le prometo nada –le advirtió, haciendo después un movimiento de cabeza para indicarle que la siguiera.

Titus entró y cerró la puerta tras de él. Sabía que podía haber esperado. Que podía haber ido a ver a Roxanne Carmichael por la mañana para darle la noticia a plena luz del día, en su territorio. Pero estaba encendido y quería terminar con aquello esa misma noche. Además, nunca le había gustado esperar, y en esos momentos en los que tenía el control del patrimonio familiar, no tenía por qué hacerlo.

La mujer, que llevaba puesto un vestido de flores, se había detenido y estaba llamando a una puerta.

–¿Quién es? –preguntó Roxy con voz sensual.

–Margaret –dijo la otra mujer.

Roxanne, que estaba sentada frente al espejo, desmaquillándose, se giró en la silla e intentó que no se le notase que estaba desanimada, pero no era fácil. No había sido precisamente la mejor noche del mundo. No había nada peor que cantar en un local medio vacío para un público borracho. El Kit-Kat Club estaba en horas bajas y ella no había conseguido atraer público. Y el dueño ya le había advertido esa mañana que no toleraría ningún fracaso.

Se dijo a sí misma que no era nada personal, que

la industria musical siempre había sido así. Ella había conseguido tener suerte al principio de su carrera y no debía olvidarlo, pero estaba cansada. Agotada. Tenía una horrible sensación de vacío y un cosquilleo en la garganta que no se le quitaba.

Contuvo un bostezo y miró a la mujer que había en la puerta.

—¿Qué pasa, Margaret?

—Hay un caballero que quiere verte.

¿Un caballero? Roxanne dejó el trozo de algodón mojado que tenía en la mano encima del raído tocador y sonrió. En el pasado habían sido miles las personas que la habían esperado a las puertas del camerino. Hombres que querían acostarse con ella y chicas que la habían admirado, aunque todavía no entendía por qué. Había necesitado un equipo de seguridad para controlar a la multitud, pero eso formaba parte del pasado. Últimamente eran pocas las personas que iban a verla. Se preguntó si se trataría de su padre con otro de sus ridículos planes para que volviera. Apretó los labios. Antes o después iba a tener que plantearse seriamente su futuro.

—¿Te ha dicho cómo se llama? –preguntó–. ¿No será un periodista?

—Dice que no. Y no lo parece. Es... –Margaret bajó la voz antes de añadir–: guapo.

Roxanne sacudió la cabeza.

—Los chicos guapos no me interesan, Margaret.

—Y rico –murmuró la otra mujer.

Al oír aquello, Roxy se quedó callada, porque a veces era difícil olvidarse de algunos sueños. ¿Todavía era posible que el suyo se hiciese realidad? ¿Podía ser que alguien se hubiese dado cuenta de que todavía tenía talento?

Se alisó el pelo y dijo:

—¿Por qué no le haces pasar?

Titus, que había oído toda la conversación, apretó los labios. ¿Qué había esperado? Con solo hablarle de dinero, Roxanne había cambiado de actitud. Había mujeres que eran capaces de todo por dinero y aquella era una de ellas.

—Puede entrar —le dijo Margaret, pero Titus ya lo estaba haciendo.

Todavía sentada, Roxy abrió mucho los ojos al ver a un hombre alto entrar en el pequeño camerino. Sintió varias cosas distintas al verlo allí, cerrando la puerta tras de él. De una de ellas casi se había olvidado, hasta que lo miró a los fríos ojos.

Era deseo.

Tragó saliva. Deseo era lo último que quería, o que necesitaba. La sangre empezó a arderle en las venas y, de repente, tuvo claustrofobia. Quiso salir, huir de lo que estaba sintiendo. Quiso escapar de aquellos ojos grises, penetrantes, que habían hecho que se le acelerase el corazón.

—No recuerdo haberle dicho que cerrase la puerta —comentó.

Titus la miró y sonrió, sabía que tenía la capacidad de hacer que las mujeres cayesen rendidas a sus pies. No la explotaba, pero, en ocasiones, la utilizaba.

–Tal vez no quiera que todo el club se entere de lo que le voy a decir –respondió en voz baja.

Roxy estuvo a punto de contestarle que no iba a tolerar amenazas veladas de un extraño, pero no fue capaz de hablar. No supo si era por el aspecto o por la manera de comportarse de aquel hombre, o por su frío y aristocrático acento. Fuese lo que fuese, se quedó sin habla y con la mirada clavada en él, incapaz de apartarla.

Era muy alto e iba vestido con un abrigo de cachemir oscuro, y Roxy pensó que nunca había visto a un hombre con semejante presencia. Y eso que se había pasado la vida trabajando en una industria en la que tener carisma era algo habitual...

Tenía un cuerpo en el que cualquier mujer se habría fijado, lo mismo que en su ropa cara, aunque las mujeres solían interesarse más por los rostros. Y aquel era el más impresionante que había visto nunca. Los marcados pómulos parecían esculpidos y las duras líneas contrastaban con los sensuales labios, que no sonreían. El pelo era oscuro y grueso, como la melena de un león, pensó Roxy. Aunque no era lo único que tenía aquel hombre de rey de la selva, también se movía con la gracia y la fuerza de un poderoso depredador, como si todo lo que hubiese ante él fuese suyo.

Roxy no reaccionó ante su serio escrutinio, o al menos, no se le notó. Tenía el corazón acelerado, pero siempre se le había dado bien ocultar sus sentimientos. Era una experta. Había tratado con suficientes hombres en el pasado como para saber que todos eran iguales. Y que, inevitablemente, solo pensaban en una cosa y cuando la conseguían, se olvidaban de una. Así que no iba a sentir pánico porque un tipo rico hubiese entrado a verla.

Le dio la espalda y se miró al espejo para quitarse el pintalabios con un trozo de algodón. Porque era evidente que aquel hombre no era un empresario.

—¿No cree que debería haberse presentado antes de entrar?

Titus no estaba acostumbrado a que le diesen la espalda. Frunció el ceño.

—Me llamo Titus Alexander —dijo, estudiando el rostro de Roxy para ver si reconocía su nombre, pero no.

Siguió quitándose el pintalabios muy despacio. Y, de repente, él se preguntó a qué sabrían aquellos labios. Si su efecto sería el mismo que el de su voz al cantar.

—¿Qué puedo hacer por usted, señor Alexander? —le preguntó ella en tono aburrido.

Titus no se molestó en corregirla acerca de su título. Sabía por experiencia que era mejor mantener aquello oculto el máximo tiempo posible. En especial, a las mujeres.

—Quiero hablar con usted.

—Pues hable.

–Preferiría que me mirase para hacerlo.

Ella lo miró a los ojos a través del espejo.

–¿Por qué?

«Porque tienes unos ojos tan azules que quiero verlos de cerca», pensó Titus sin darse cuenta, antes de apartar aquella idea de su mente. Roxy Carmichael era una estrella caída, una mujer que salía con hombres casados y a la que solo le interesaba el dinero.

–Pensará que soy un anticuado, pero preferiría no tener que hablar con su espalda –le contestó él.

Con los labios limpios, Roxy se giró lentamente.

–¿No? –le preguntó en tono sarcástico.

Y Titus volvió a notar que se excitaba y, por un instante, deseó haber mantenido la boca cerrada. Porque en ese momento se distrajo con sus pechos, que se apretaban contra la camiseta de lentejuelas como rogándole que los tocase. Hizo un esfuerzo por apartar la mirada y la miró a los ojos.

–Creo que conoce a Martin Murray.

Roxy se encogió de hombros.

–Conozco a mucha gente.

–Pero a él tengo entendido que lo conoce bastante bien –le sugirió Titus.

Roxy entendió lo que quería insinuar, pero no respondió.

–Eso no es asunto suyo.

–Sí que lo es.

Roxy tiró el último trozo de algodón a la papelera y se puso en pie. Todavía no se había quitado los tacones.

–Mire, es tarde, estoy cansada y quiero marcharme a casa. Por qué no va directo al grano y me dice qué quiere y por qué me habla en ese tono tan crítico.

–Tal vez porque tengo derecho a hablarle en tono crítico –replicó él–. Da la casualidad de que está subarrendando ilegalmente uno de mis apartamentos.

Roxy levantó la cabeza, pero algo en su expresión hizo que se le acelerase el pulso.

–No diga tonterías –replicó–. Es la primera vez que lo veo en toda mi vida. Usted no es mi casero.

–¿No?

–Por supuesto que no. Conozco a mi casero.

–Vive en el apartamento que hay en el piso más alto de una casa grande en Notting Hill Gate, ¿verdad?

Roxy se preguntó preocupada cómo podía aquel hombre saber dónde vivía, no obstante, lo miró desafiante.

–¿Me ha estado siguiendo?

Titus se echó a reír al oír aquello.

–En sus sueños, cariño. ¿Cree que soy el tipo de hombre que necesita seguir a una mujer, por no decir a una cantante de segunda categoría que está pasando por tan mal momento que tiene que cantar en lugares como este?

A Roxy le dolió oír aquello, pero siguió sin reaccionar.

–Entonces, ¿cómo sabe dónde vivo? –le preguntó en tono retador.

–Ya se lo he dicho. Soy el dueño del apartamento en el que vive, de toda la casa.

–Eso no es posible. El apartamento es de Martin.

–¿Eso le contó? –preguntó Titus–. ¿Fingió que era rico para llevársela a la cama? ¿No sospechó usted que podía estar mintiendo? Porque eso es lo que hacen los hombres casados. Mienten a sus esposas y mienten a sus amantes. A las esposas suele importarles porque tienen una familia por la que preocuparse, pero las amantes saben que forma parte del juego. Por eso lo permiten, como permiten muchas otras cosas. Por eso pienso que las mujeres que intentan robarle el marido a otra mujer no tienen moral, ni escrúpulos tampoco.

Roxy se metió las manos en los bolsillos de los vaqueros para que no se notase que le estaban temblando y negó con la cabeza.

–Yo nunca he intentado robarle el marido a nadie.

–¿No? –inquirió él, arqueando las cejas–. ¿Solo permitió que le pusiesen un nidito de amor?

–¡Eso no es así!

–Me da igual cómo sea –replicó Titus–. Lo único que me importa es que uno de mis empleados ha estado alquilándole uno de mis apartamentos de manera ilegal y quiero que se marche.

–¿Su... empleado? –repitió Roxy–. Nunca he

oído hablar de usted, señor Alexander. ¿Cómo puedo saber que no me está engañando?

–Tal vez esto la ayude a convencerse de que le estoy diciendo la verdad –respondió él, sacándose una tarjeta de visita del abrigo de cachemir.

Roxy se sacó la mano del bolsillo para tomarla. Era una tarjeta de calidad, cara, como todo en aquel hombre. Una tarjeta que decía: *Titus Alexander. Duque de Torchester*.

Las letras se desdibujaron delante de ella y le temblaron las rodillas. Hacía mucho rato que había comido y se sentía débil, pero sabía que no podía mostrar debilidad delante de aquel hombre. Lo miró a los ojos, con el corazón todavía acelerado.

–¿Es usted... el duque de Torchester?

–Sí, soy el duque de Torchester –le dijo él–. Y Martin Murray era el contable de mi difunto padre. ¿Ya está haciendo memoria, señorita Carmichael? ¿Le suena mi nombre?

¡Por supuesto que le sonaba! Roxy asintió, pero se obligó a no cambiar de expresión, a permanecer impasible. Porque recordaba muy bien lo que había oído decir del joven duque: que era un hombre implacable y despiadado, que había nacido en una cuna de oro y que las mujeres lo adoraban.

Roxy estudió la perfección de su boca y la frialdad de sus ojos grises y pensó que era probable que las mujeres lo adorasen. Imaginó que sería fácil enamorarse de un hombre como Titus Alexander. Como también era fácil imaginarse a este rompiéndole el corazón y haciéndole daño a la mujer que cometiese el error de hacerlo.

—No lo entiendo —comentó.

—¿No? ¿Qué es precisamente lo que la sorprende?

—Es el apartamento de Martin.

—¿Eso le dijo?

Roxy asintió, pero en ese mismo instante empezó a entender todas las cosas que, hasta entonces, no le habían cuadrado. Por qué Martin había insistido siempre en que le pagase el alquiler en efectivo. Y por qué le había pedido que, si alguien le preguntaba, dijese que solo estaba cuidando el apartamento una temporada.

—Eso me dijo.

—Pues estaba mintiendo. Es un mentiroso en el que mi padre cometió el error de confiar. El caso es que mi padre ya no está y Martin Murray ya no trabaja para mi familia. Ahora estoy yo al frente de todo y voy a arreglar todos los líos que su amante hizo con mis propiedades —le explicó, mirándola con los ojos brillantes—. Unas propiedades que van a dejar de ser refugio de vagos y buscavidas. Así que quiero que se marche del apartamento de aquí a finales de semana.

Roxy sintió un miedo paralizador, pero luchó contra él como estaba acostumbrada a hacer siempre. Sabía que si se rendía a él estaría perdida y eso no podía ocurrir. Se aclaró la garganta e intentó hablar con tanta frialdad como él.

–Yo creo que las cosas no funcionan así. Por ley, tiene que darme algo más de una semana de preaviso.

Titus apretó los labios, enfadado. ¿Cómo se atrevía aquella mujer a desafiarlo? Pensó en cómo su propio padre había traicionado a su madre con una amante tan implacable como aquella sensual cantante. Y pensó en cómo el amante de aquella, que estaba casado, le había estado robando a su padre.

Sabía que su enfado con Roxanne Carmichael era desproporcionado, pero le dio igual. En ocasiones, ocurría que una persona estaba en el lugar equivocado en el momento equivocado, y eso era lo que le había ocurrido a ella.

–La ley no está de su parte –replicó–, porque la ha incumplido.

–Pero yo no lo sabía.

–Me da igual si lo sabía o no –espetó él–. Y no sé si puedo creerla. Para mí, la palabra de una mujer que se acuesta con un hombre casado no cuenta mucho. Así que quiero que se marche de mi apartamento antes de finales de esta semana. ¿Entendido, señorita Carmichael?

Capítulo 2

DE CAMINO a casa en el autobús nocturno, Roxy no pudo dejar de pensar en las palabras de Titus Alexander.

A pesar del miedo que tenía, no podía apartar su imagen, alta y morena, de su mente. Solo podía ver sus sensuales labios y el brillo de sus ojos grises y sentir de nuevo que se estremecía de deseo.

Se maldijo por no poder evitar tener unos pensamientos tan bajos y se obligó a concentrarse en lo que importaba de verdad: que si Titus Alexander le había dicho la verdad, pronto estaría en la calle.

¿De verdad podía echarla de su bonito apartamento, del primer hogar que había tenido en toda su vida? Se agarró las manos con fuerza y miró por la ventanilla, por la que Londres pasaba en un borrón.

Titus Alexander la había mirado con desprecio. Como si fuese la cosa más horrible con la que se hubiese encontrado. Era la primera vez que alguien la miraba así, a pesar de no haber tenido una vida precisamente fácil.

Bajó del autobús, atravesó varias calles de Notting Hill y entró en la casa de seis pisos, donde subió las escaleras para dirigirse al más alto. Intentó convencerse de que el arrogante duque la había mentido, pero supo que no era así. De hecho, sabía que había sido una tonta por creer a Martin Murray y aceptar su generoso ofrecimiento. Lo había creído porque le había convenido hacerlo. Porque no le quedaba ni un penique de la fortuna que había conseguido durante el tiempo que había estado con The Lollipops.

Si se hubiese parado a pensarlo, se habría dado cuenta de que aquello no tenía sentido.

Pero era el primer lugar decente en el que vivía desde que su padre había perdido todo el dinero que ella había ganado cantando. El primer lugar en el que había podido cerrar la puerta al resto del mundo y perderse en sus sueños de un futuro mejor.

El anterior lugar en el que había estado había sido una habitación amueblada encima de una tintorería, donde había estado paranoica, pensando que los gases podían afectarle a la voz, pero no había tenido elección. Había necesitado estar en Londres porque allí era donde estaba el trabajo, pero vivir en Londres era muy caro. Y una se sentía sola. Aunque su otro trabajo también contribuía a esa sensación. Limpiando casas no se hacían amigos ni estaba bien pagado, pero al menos le ofrecía la posibilidad de seguir cantando. Porque cantar era su vida. Era lo único que le quedaba. Lo único a lo que podía aferrarse.

Cerró la puerta tras de ella y fue al cuarto de baño, diciéndose que había pasado por cosas mucho peores. Tenía que pensar en positivo y seguir adelante. Seguro que a la mañana siguiente habría encontrado una solución a su problema.

Pero después de toda una noche sin dormir, por la mañana estaba todavía más preocupada. Y le dolía la garganta. Aquella era la pesadilla de cualquier cantante. Intentó dar una nota y se le quebró la voz. Se estremeció. Había cosas que podía soportar y otras que no, y perder la voz entraba en la segunda categoría. Presa del pánico, se hizo una mezcla de limón, miel y agua caliente, y se sentó con ella al lado de la ventana mientras llamaba por teléfono a Martin Murray.

Hacía mucho que no lo llamaba, aunque él seguía haciéndolo de vez en cuando para intentar convencerla de que saliesen a cenar. Cuando respondió, al segundo tono, lo hizo con una voz extrañamente sospechosa.

—Roxy, qué sorpresa —le dijo.

—He tenido visita —anunció ella.

—Dime.

—Titus Alexander ha venido a verme.

—¿Y?

Roxy tragó saliva.

—Que me ha informado de que estaba subarrendando ilegalmente su apartamento, y de que tenía que marcharme antes de finales de semana.

Esperó. Y esperó. Pero, ¿qué había pensado, que Murray iba a decirle que el duque mentía? ¿Que no se preocupase?

–Me temo que no puedo hacer nada, Roxy. Tengo mis propios problemas. Me he quedado sin trabajo. El joven y arrogante duque de Torchester me ha echado a la calle.

Roxy no se molestó en preguntarle por qué la había mentido. Sabía por qué lo había hecho, y por qué ella se había dejado engañar.

–¿Crees que me lo ha dicho en serio? –preguntó, a pesar de conocer la respuesta.

Martin rio.

–Por supuesto que sí. Si fuese tú, empezaría a buscar otro lugar donde vivir.

A Roxy le temblaban las manos cuando colgó el teléfono y supo que no podía culpar a nadie de aquello. La culpa era solo suya. A Martin Murray le daba igual que no tuviese dinero para dar una fianza. Eso era problema suyo. Por ser una testaruda y por negarse a abandonar su sueño de volver a convertirse en una estrella de la canción. Sintió miedo, pero luchó contra él. Saldría de aquello. Solo tenía que encontrar una habitación en alguna parte, tal vez como interna, limpiando o cuidando niños.

Pero le dolía la garganta y se sentía demasiado débil para ponerse a buscar. Tuvo que hacer un esfuerzo para ir hasta Holland Park, donde limpiaba una casa. Al llegar allí, la dueña, una italiana casada con un futbolista, la miró horrorizada y le dijo que podía contagiar el catarro a los niños, así que la mandó de vuelta a su apartamento.

Roxy la comprendió porque cada vez se sentía peor. A la mañana siguiente, estaba demasiado mal para salir de la cama y empezó a sentir pánico.

Entonces se enteró de que había perdido su trabajo en el Kit-Kat Club. Le dijeron que no había conseguido atraer clientes nuevos. Y aquello fue lo que la remató, pero, no obstante, consiguió contener las lágrimas. Era una cuestión de supervivencia porque sabía que si empezaba a llorar no podría parar, y que eso no le serviría de nada.

Se obligó a ser práctica y consiguió ir a la farmacia a comprar paracetamol. No podía dejar de preguntarse cómo se las iba a arreglar. Y si el duque de Torchester había hablado en serio.

Le costó tanto subir las escaleras que tardó en darse cuenta de lo que había delante de su puerta. Parpadeó.

Era...

Volvió a parpadear.

¡Su maleta!

Terminó de subir muy despacio las escaleras y abrió la maleta. Se tuvo que tragar las lágrimas al ver lo que había dentro: sus vaqueros, sus camisetas de lentejuelas, sus artículos de aseo, su ropa interior.

La cerró y empezó a ver unos puntos amarillos delante de ella. Intentó meter la llave en la cerradura a pesar de saber que sería inútil. No iba a entrar y sabía muy bien por qué.

—¿Roxanne?

Reconoció al instante la voz femenina que hablaba detrás de ella y se giró hacia Annabella Lang, la rubia rica que vivía en la otra puerta.

Incapaz de sonreír, Roxy asintió y apartó las llaves de la puerta.

—Hola, Bella.

—¿Qué ocurre? ¡Alguien ha cambiado la cerradura!

—Me marcho —dijo Roxy.

Pero a Annabella eso le daba igual.

—No puedes imaginarte quién ha venido.

—¿Quién? —preguntó ella, a pesar de conocer la respuesta.

—Titus Alexander —dijo Annabella, entrecerrando los ojos—. ¡El duque de Torchester! No sabía que lo conocieras. Ni tampoco sabía que fuese el dueño de esta casa.

Roxy no se molestó en decirle que ella tampoco. Además, le dolía demasiado la cabeza para ponerse a charlar con Annabella y lo único que quería era salir de allí y tumbarse en algún sitio antes de caerse redonda.

—Tengo que irme.

—¿Adónde? —le preguntó su vecina con incredulidad al ver que Roxy intentaba levantar la pesada maleta.

Tal vez, si no hubiese estado tan aturdida, se habría inventado a alguna amiga, pero se sentía tan débil y derrotada que le dijo la verdad.

—A un hostal —balbució—. Solo esta noche.

Y luego tiró de su maleta y no dejó de andar

hasta la parada del autobús, hasta donde no podía llegar la mirada de pena de Annabella. Cuando el autobús rojo de dos plantas llegó, se subió a él dispuesta a marcharse lo más lejos posible de aquella zona de Londres. Porque no pertenecía a aquel lugar. Y, pensándolo bien, no pertenecía a ninguno.

Encontró un hostal y no le importó que estuviese cerca de una ruidosa boca de metro ni que para entrar en él tuviese que pasar por delante de tres personas que estaban sentadas en el suelo, mendigando.

Solo necesitaba dormir. A la mañana siguiente se encontraría mejor y buscaría un lugar donde vivir. No supo si era porque se le notaba la desesperación en la cara, o en la voz ronca, pero el caso fue que le dieron una cama.

Era una cama de hierro con un colchón lleno de bultos, en un dormitorio con otras veinte mujeres. Algunas gritaban, presas de las pesadillas, y Roxy se habría sentido aterrada si no hubiese tenido semejante dolor de cabeza. Entonces recordó que no había dejado ninguna dirección de contacto para que le reenviasen un cheque que estaba esperando y buscó en su bolso con dedos temblorosos hasta que encontró la dirección del odioso Titus Alexander.

Luego volvió a dejarse caer sobre la almohada. Nunca había estado tan enferma en toda su vida. Era como si las paredes se le fuesen a caer encima y cada vez tenía más calor. Antes de que se le cerrasen los ojos, maldijo al hombre cuyo cruel comportamiento la había llevado hasta allí.

Capítulo 3

ROXY abrió muy despacio los ojos y vio ante ella una entrepierna envuelta en unos vaqueros desgastados. Desorientada, clavó la vista en unas caderas estrechas y luego la fue subiendo hasta encontrarse con la mirada de Titus Alexander.

–Veo que está despierta –comentó este en tono mordaz.

Ella parpadeó. Estaba calentita y cómoda y la habitación estaba en silencio. No obstante, recordaba haberse quedado dormida en un colchón lleno de bultos, con el sonido de voces dementes a su alrededor. ¡En el hostal!

A pesar de lo mucho que le pesaba el cuerpo, consiguió sentarse en la cama y frunció el ceño con incredulidad al mirar a su alrededor. No, no estaba en el hostal. Estaba en una habitación enorme, en la que entraba la luz por unas ventanas también enormes. Una habitación toda decorada en blanco, con una lámpara de araña en el techo. Y con unas sábanas muy limpias.

Miró al duque sin entenderlo.

–¿Dónde estoy? –le preguntó.

–En mi casa de Londres.

–¿Y cómo he llegado aquí? –volvió a preguntar, empezando a ponerse nerviosa.

–¿No se acuerda?

–Si me acordase, no se lo preguntaría.

Titus apretó los labios. Era una desagradecida. Tenía que haberla dejado en el hostal.

–La he traído yo –le respondió–. Estaba enferma.

Roxy se dejó caer sobre el montón de cojines. Que estuviese enferma explicaba que se sintiese tan débil y aturdida, pero no que Titus Alexander estuviese allí, al lado de su cama, fulminándola con la mirada.

–¿Qué quiere decir con eso de que me ha traído aquí?

–Quiero decir –empezó él en tono impaciente–, que en el hostal encontraron mi tarjeta y me llamaron. Y la encontré con fiebre, delirando y sin ninguna atención médica. Así que la metí en mi coche y me la traje aquí.

Roxy recordó algo más, recordó haber sentido mucho frío y haber estado sudando al mismo tiempo. Recordó haber oído gritos a su alrededor, ¿habría gritado ella también? Y, después, que alguien la había tomado en brazos. Alguien muy fuerte. Y que había estado apretada contra un pecho duro como la piedra antes de que la metiesen en un coche. Miró al duque a los ojos.

–Fue usted. Usted me rescató –dijo muy despacio.

Titus rio con cinismo porque lo último que necesitaba era que aquella mujer empezase a tener fantasías adolescentes acerca de un episodio que él prefería que no hubiese tenido lugar.

–Me sentí obligado a ayudarla ya que, en parte, me sentía responsable de que estuviese allí –admitió–. Aunque en realidad la culpa sea suya por tener una vida tan desordenada. Así que la traje aquí y le pedí a mi amigo Guy Chambers que cuidase de usted...

–¿Que cuidase de mí? –repitió ella–. ¿Qué quiere decir?

–Es médico –le respondió Titus–. No un mirón. Le diagnosticó neumonía y le prescribió antibióticos y reposo. Y eso es lo que ha tenido desde entonces.

Pero Roxy se dijo que debían de haberle hecho algo más porque su cuerpo y su pelo estaban limpios y olían bien. Se llevó la mano al corazón y tocó una fina seda. Apartó un poco la sábana y se dio cuenta de que llevaba puesto un camisón color melocotón que debía de costar una fortuna.

–¿Qué llevo puesto? –preguntó.

–¿Usted qué piensa? –replicó él, furioso al ver que su cuerpo respondía al vislumbrar el contorno de sus pechos.

–¡Pero no he llegado aquí con un camisón de seda! Ni siquiera tengo camisones de seda. ¿De quién es?

–Ahora, suyo. Pedí que mandasen varios el día

que llegó, ya que solo tenía uno en la maleta y estaba bastante gastado. Y decidí que era mejor verla así que desnuda.

–¿Quiere decir que... me desnudó y me puso el camisón? –preguntó ella con el corazón acelerado.

Titus volvió a reír.

–En realidad lo hizo una enfermera. Todavía no he llegado al extremo de traerme a mujeres enfermas a casa para así poder verlas desnudas –le dijo–. Además, me temo que usted no es mi tipo.

Roxy no permitió que su rostro cambiase de expresión al oír aquello, pero le dolió. Aunque sabía qué tipo de mujer sería la que le gustaba al duque: una mujer como Annabella, su exvecina, con mucha clase y siempre vestida con ropa cara.

–Usted tampoco es el mío –replicó, tapándose la boca con la mano al ver que empezaba a toser.

–¿No? ¡Qué decepción!

–No me gustan los aristócratas engreídos y estirados que han nacido en cuna de oro.

–Y supongo que el hecho de que sea soltero también será un impedimento –añadió él con sarcasmo–. Porque parece gustarle lo prohibido. Si no, no sé cómo pudo atraerle el contable de mi padre. ¿Se la metió en la cama con solo ofrecerle un alquiler barato o también la conquistó con su tripa cervecera?

–¡Nunca me he acostado con Martin Murray! –exclamó ella, pero el esfuerzo de la discusión hizo que volviese a caer sobre los almohadones–. ¿Cuánto tiempo llevo aquí?

–Cinco días.

¿Cinco días? Roxy sintió que su desorientación aumentaba, sobre todo, al darse cuenta de que hacía mucho tiempo que no estaba a solas con un hombre en una habitación. Sobre todo, con un hombre tan sexy como aquel. Volvió a estudiarlo con la mirada y pensó que, vestido con vaqueros y con un jersey remangado, parecía más una estrella del rock que un duque.

–Eso es mucho tiempo –comentó.

«Dímelo a mí», pensó Titus. Llevaba cinco días intentando no fijarse en el increíble cuerpo que se había pegado a él la noche que la había llevado a casa. Intentando no recordar que había visto durante un instante uno de sus pezones rosados, cuando, delirando, se había estirado del camisón.

Se aclaró la garganta e intentó no fijarse en cómo le caía el pelo sobre los hombros y en cómo se marcaban esos pezones en la fina tela del camisón. Aquella mujer era sinónimo de problemas y lo único que tenía que hacer con ella era sacarla de su vida lo antes posible. Y para siempre.

–¿Cómo se encuentra? –se obligó a preguntarle.

Roxy se encogió de hombros. Sabía que al duque no le interesaba su vida. De manera innata, se encogió de hombros y, esbozando una sonrisa, respondió:

–Hambrienta.

–Bien –dijo él, como si fuese la primera cosa

sensata que hubiese dicho—. ¿Por qué no se viste mientras le preparo algo de desayunar?

Roxy asintió, segura de que, después del desayuno, el duque la echaría de su casa.

—De acuerdo.

—Tiene su ropa en aquel armario —le dijo él antes de dirigirse hacia la puerta del dormitorio—. Espero que no le importe que la haya hecho lavar.

Ella no dijo nada, aunque se sintió como si fuese un animal salvaje al que hubiese que limpiar y desinfectar. Esperó a que se hubiese marchado para salir de la cama y fue con piernas temblorosas a darse una ducha. Recordó que había perdido el trabajo en el Kit-Kat Club y se preguntó qué iba a hacer. Y, sobre todo, adónde iba a ir. Se puso un jersey que olía estupendamente y unos vaqueros que se le habían quedado grandes. Mientras se los sujetaba con un cinturón, se preguntó cuánto peso habría perdido.

Hizo la cama y recogió la habitación, pero luego supo que no podía seguir retrasando el momento de enfrentarse a su sombrío futuro. Siguió el ruido de las cacerolas y encontró a Titus preparando el desayuno.

La cocina estaba en la parte trasera de la casa y estaba lujosamente equipada. Había en ella una enorme mesa de roble y un bonito aparador que contenía una vajilla que debía de ser muy valiosa. En el otro extremo de la habitación había dos mullidos sofás orientados hacia un jardín muy grande, teniendo en cuenta que estaban en Londres. Era como una de esas cocinas que salían en las revistas que solía haber por la consulta del dentista. Salvo que en estas no salía Titus Alexander.

Era extraño ver al duque cocinando y Roxy se quedó un momento observándolo. No pudo evitar clavar los ojos en su pelo alborotado, en sus anchos hombros y en su perfecto trasero. Y tampoco pudo evitar volver a sentir deseo por él. ¿Tendría una amante? Y, si era así, ¿no le habría importado a esta que metiese a una extraña en su casa durante casi una semana?

El duque debió de oírla o de sentir su presencia, porque se giró y la miró con gesto inexpresivo.

–Siéntese. Le estoy haciendo unos huevos.

Ella se dio cuenta de que ni siquiera le había preguntado si le gustaban los huevos.

–¿Dónde está mi teléfono? –preguntó mientras se sentaba a la mesa.

–Primero, coma –le dijo Titus, acercándose a ella con un plato de huevos revueltos en la mano.

A Roxy no le gustó nada su actitud aristocrática, pero se olvidó de ella al ver el plato de comida. Se comió los huevos con avidez, seguidos de dos tostadas con mermelada y una gran taza de café solo. Cuando hubo terminado, levantó la vista y vio a Titus apoyado en la encimera, observándola, todavía con gesto inexpresivo.

Y ella sintió melancolía al darse cuenta de la falsa intimidad de la escena. Se preguntó si el duque también le prepararía el desayuno a su novia después de pasar toda la noche haciendo el amor. ¿Haría el amor tan bien como los huevos revueltos?

Seguro que sí.

–¿Mejor? –le preguntó él lacónicamente.

–Mucho mejor, gracias. Prepara muy bien los huevos –le contestó Roxy, obligándose a sonreír–. Ahora, ¿me puede dar mi teléfono, por favor?

–Por supuesto. Tiene el bolso ahí, en el sofá.

Roxy se levantó despacio de la mesa e intentó decidir lo que iba a hacer. ¿Podía llamar a una de sus antiguas compañeras del grupo? No sabía si Justina seguiría con su novio italiano, que era un tirano y al que no le gustaría tenerla en casa. Y hacía siglos que tampoco tenía noticias de Lexi.

Consciente de la mirada lacerante de Titus Alexander, sacó el teléfono de su bolso con dedos temblorosos, pero enseguida se dio cuenta de que estaba apagado. Le dio la espalda al duque y miró sin ver hacia el jardín mientras fingía marcar un número.

Cerró los ojos y se llevó el teléfono al oído, esperó un segundo o dos y empezó a decir en tono alegre:

–Justina. ¡Hola! Soy Roxy. Sí, sí, genial. Estupendo, bueno, la verdad...

Pero en ese momento le quitaron el teléfono de la mano y cuando se giró vio a Titus con él, muy serio.

–¿Qué hace? –inquirió ella.

–¿Por qué finge que está hablando con alguien?

–¡No estoy fingiendo que hablo con alguien!

–¿No? Pues debes de tener una capacidad de comunicación sobrenatural, Roxanne... porque el teléfono no tiene batería –le informó tuteándola.

–¿Y cómo lo sabe? –bramó ella–. ¿Ha estado hurgando en mi bolso mientras estaba enferma?

–Créeme, tengo cosas mucho mejores que hacer que hurgar en tu bolso, guapa. Lo sé porque estuvo sonando mucho tiempo justo antes de gastarse la batería. Pensé que podía ser algo importante, pero era solo tu amante.

–¿Mi... amante? –preguntó ella.

–Murray.

–¿Cuántas veces tengo que decírselo? –le dijo Roxy–. Ni es ni ha sido nunca mi amante.

–¿No? ¿Y cómo es que te dejó el alquiler tan barato?

Roxy dudó al ver que el duque la miraba de manera acusadora.

–Porque... porque supongo que fue amable conmigo.

Titus se echó a reír al oír aquello.

–Venga ya, Roxanne, no eres tan ingenua –le dijo, mirándola a los ojos azules y pensando que podían cegar a cualquier hombre con su belleza–. Los hombres de negocios despiadados, como Murray, no son amables sin ningún motivo. Le gustabas. Y tal vez tú decidiste que acostarte con él no era un precio tan alto si a cambio podías vivir en una de las mejores zonas de Londres, aunque estuviese casado. No serías la primera mujer ni la última que ha hecho algo así.

–¡Es repugnante!

–Tal vez –admitió Titus–. O tal vez solo esté diciendo la verdad y no soportes oírla. Porque no me negarás que le gustabas a Murray.

Roxy volvió a dudar. Era difícil apartar la vista cuando el duque la miraba así. Se dijo que, de todos modos, le daba igual lo que Titus Alexander pensase de ella.

–Sí, le gustaba –admitió.

–Por supuesto que sí –dijo él–. Y, deja que lo adivine, no te acostaste con él, pero lo tentaste con la posibilidad de hacerlo algún día.

Roxy se ruborizó al oír aquello. Le había dicho claramente a Martin que no salía con hombres casados y era la verdad. Pero la mayoría de los hombres tenían un ego inquebrantable. Tal vez Martin había pensado que si persistía, lograría convencerla. Y tal vez ella había permitido que lo pensase.

–No puedo controlar mentes ajenas –replicó.

«Ni yo tampoco», pensó Titus. Ni siquiera podía controlar lo que estaba pasando por su propia cabeza en esos momentos. Porque solo podía pensar en acabar con su gesto desafiante besándola. ¿Qué tenían las chicas malas, como Roxanne Carmichael, que atraían tanto a los hombres? Enfadado, se tragó el nudo que tenía en la garganta y deseó poder hacer lo mismo con el dolor que tenía entre las piernas.

–¿Y qué vas a hacer ahora? –le preguntó, deseando poder sacarla de su vida sin más.

Roxy volvió a sentirse débil al oír la pregunta y se sentó en el sofá.

–Todavía no lo he decidido –admitió–. Lo primero, tengo que conseguir que funcione mi teléfono.

–¿Te está fallando la comunicación sobrenatural, Roxanne? –se burló él–. Dame el cargador.

Ella volvió a buscar en el bolso con dedos temblorosos y se lo tendió. Mientras veía cómo lo enchufaba se dijo que era muy fácil obedecerlo y se preguntó si todo el mundo lo haría. ¿Se debería aquella dominancia natural a la fuerza de su personalidad, además de al título que había heredado?

Titus se irguió y la miró a los ojos.

–Puedes utilizar mi teléfono –le dijo.

Roxy se dio cuenta de que no tenía elección y aceptó su ofrecimiento a pesar de no apetecerle que el duque oyese su conversación. Marcó el número y supo al instante, por el tono de voz de la mujer que había descolgado, que las cosas no iban bien. De hecho, iban muy mal. Se apretó el teléfono al oído y tuvo la esperanza de que Titus no oyese la diatriba que le estaba cayendo. Porque había fallado a varios de sus mejores clientes al no ir a trabajar.

–He estado enferma –le explicó a la mujer de la agencia, rezando porque fuese un poco comprensiva.

Miró al duque a los ojos y se estremeció. Luego se aclaró la garganta y, apartando la vista, añadió:

–He tenido neumonía.

–«Me temo que eso no es responsabilidad nuestra. Deberías empezar a cuidarte y dejar de trabajar de sol a sol –le dijo la mujer con altivez–. Tienes que decidir si quieres ser limpiadora o cantante, porque es evidente que no puedes hacer ambas cosas. Lo siento, Roxanne, pero no podemos contratar a trabajadores que no sean de fiar. Nuestros clientes son demasiado importantes».

Tal vez si Titus no hubiese escuchado, Roxy habría suplicado para que no la despidieran, pero estando él presente y sintiéndose tan débil como se sentía en esos momentos, no le quedó otra alternativa más que despedirse y colgar. Después devolvió el teléfono en silencio a Titus, que seguía observándola con curiosidad, como si fuese un bicho raro.

–No me ha parecido una conversación muy fructífera –comentó por fin.

–Muy astuto.

–¿Con quién has hablado? –le preguntó él.

Roxy se dio cuenta de que no podía decirle que no se metiese donde no lo llamaban, porque la había ayudado. Pensó que tal vez le viniese bien ver cómo vivía la otra mitad, aunque su estúpido orgullo no le permitía confesarle la mundana verdad de su existencia.

–Con la empresa de limpieza para la que trabajo. Trabajaba –se corrigió.

Titus frunció el ceño.

–¿Trabajas de limpiadora?

–Empleada doméstica, es como lo llaman ahora, pero la terminología es lo de menos, porque me acaban de despedir.

–Pero si has estado enferma.

–Al parecer, le he fallado a dos de sus mejores clientes.

–¿Y pueden echarte así?

–¿Quién sabe? De todos modos, no estoy en posición de llevar a la empresa a juicio por despido improcedente, ¿no? –le dijo ella, mirándolo a los ojos y preguntándose si el duque era capaz de apreciar su exquisita ironía–: Me temo que cuando no tienes dinero la gente puede hacer lo que quiera contigo.

Titus entrecerró los ojos al oír aquello. No podía criticar a la agencia por lo que le acababa de hacer a Roxanne cuando él le había hecho algo parecido. Si no la hubiese echado a la calle, tal vez nada de aquello habría ocurrido. Se sintió culpable.

–¿Tienes algún pariente al que acudir? –le preguntó.

–No.

–¿Y tus padres?

–He dicho que no –insistió ella.

–¿Y qué vas a hacer?

Roxy se encogió de hombros como si le diese igual y pensó que no era la primera vez que le ocurría aquello. Había aprendido a enfrentarse a las malas rachas sin bajar la cabeza. No obstante, eso no solucionaba su problema: no tenía adónde ir. Miró por la ventana, la helada que había caído por la noche todavía no había desaparecido del jardín.

–No lo sé –dijo en tono inexpresivo, viendo un pájaro en la rama de un árbol y preguntándose si se sentiría tan solo como ella en esos momentos.

Titus no supo por qué lo dijo. Si fue por la desolación de su voz o porque, de repente, le habían temblado los labios de manera muy erótica y había hecho que se le acelerase el corazón. Porque la deseaba. Aunque supiese que solo podía causarle problemas, la deseaba.

Y estaba empezando a darse cuenta de que no podía dejarla marchar sin más. No le caía particularmente bien ni confiaba en ella, pero no podía echarla a la calle en un frío día de invierno.

–Podrías trabajar para mí –sugirió muy despacio.

–¿Para usted? –preguntó Roxy sorprendida.

Él se encogió de hombros.

–Tengo una casa en el campo y voy a dar una fiesta a finales de mes. Siempre contratamos a alguien cuando hay un acontecimiento importante. Seguro que hace falta una limpiadora más.

«Una limpiadora más», pensó Roxy. ¿En eso se

había convertido? Deseó darse la vuelta y decirle al duque que se metiese aquel trabajo donde le cupiese, pero fuera hacía frío y no tenía adónde ir.

Y ella era una superviviente. Había pasado épocas peores que aquella. Así que lo miró a los ojos y le preguntó:

—¿Cuándo empiezo?

Capítulo 4

E L MAGNÍFICO Bentley atravesó lentamente el arco de piedra de la entrada y Roxy observó los enormes jardines que se extendían ante ella, que llegaban hasta más allá de donde le alcanzaba la vista. La luz que cubría la escarcha de la hierba hacía que el lugar pareciese una antigua postal navideña. A lo lejos se vislumbraba la imagen dorada de una casa, la casa más grande que había visto en toda su vida. Aquella no podía ser la casa del duque.

Contenta por poder fijar su atención en otra cosa que no fuesen los musculosos muslos del hombre que tenía sentado a su lado, Roxy abrió mucho los ojos.

–Tiene que ser una broma –murmuró.

Titus la miró y se fijó en el modo en que la luz del invierno iluminaba su pelo rubio oscuro. Supuso que debía alegrarse de que hubiese ido casi todo el trayecto, desde Londres hasta Norfolk, durmiendo y no distrayéndolo con sus frívolos comentarios. No obstante, mientras dormía, su salvaje sensualidad parecía emanar de todos los poros de aquel increíble cuerpo. Como rogándole en silencio que le hiciese lo que era natural que un hombre como él le hiciese a una mujer como ella. Cada vez que el coche se había detenido en un semáforo, Titus había girado la cabeza para estudiarla con la mirada.

Su imagen había sido angelical y perversamente accesible al mismo tiempo, y él había sentido un deseo tan fuerte que había tenido que hacer un gran esfuerzo para no tomarla entre sus brazos y besarla.

Aquella habría sido la peor idea del mundo. Buscar consuelo carnal en una mujer así.

En esos momentos, luchó por fijar su atención en el largo camino que llevaba hasta la casa.

–No recuerdo haberte gastado ninguna –respondió.

–No me refiero a una broma en el sentido literal de la palabra. Quiero decir que no me habías contado que vivías en un palacio, Titus –le explicó Roxy, tuteándolo–. ¡Es inmenso! Y debe de...

Entrecerró los ojos para mirar hacia el horizonte.

–¿Aquello es el mar? –preguntó.

–Sí –respondió él, apretando los labios al oír emoción y avaricia en su voz–. Tenemos playa privada.

–Playa privada –repitió Roxy maravillada, y luego añadió sin pensarlo–: Me preguntó cuánto costará una propiedad así.

–Espero no tener que averiguarlo nunca –replicó él.

–¿Quieres decir que nunca la venderías?

–Quiero decir que no puedo venderla ni aunque quiera hacerlo. Yo solo la custodio, para que pase a futuras generaciones. Esa responsabilidad es el precio que tengo que pagar por tener tantos privilegios.

A Roxy le pareció ver una iglesia a lo lejos y pensó que no era posible que también hubiese una iglesia en la finca.

–Si pretendes darme pena, olvídalo. Podrías alojar a media Inglaterra en un lugar así.

Titus agarró el volante mientras admiraba el esplendor de la casa. Se distrajo de repente cuando Roxy cruzó las piernas y volvió a sentir un potente deseo. Se preguntó si aquel encanto que parecía irradiar sería inconsciente o deliberado. Por primera vez, dudó de que pudiese encajar con el resto de las personas que trabajaban en la casa y de que fuese a acostumbrarse a estar en un lugar tan aislado de todo.

Pero, inevitablemente, parte de la tensión se calmó al acercarse a Valeo Hall. Tal vez fuese solo el guardián temporal de aquel antiguo edificio, y tal vez este le trajese recuerdos amargos de su niñez, pero seguía siendo su casa. Seguía siendo el lugar en el que se sentía casi libre, en el que podía pasear y perderse en la belleza de la Naturaleza.

–Te llevaré directa a la casa principal –dijo–, para que empieces a conocerla.

Roxy asintió e intentó hacerse a la idea de que aquel iba a ser su nuevo lugar de trabajo.

–¿Cuántas personas trabajan aquí? –preguntó.
Él suspiró.

–Me temo que en estos días la plantilla es esquelética.

–¿Quieres decir que están todos muertos?

–Eso no tiene gracia, Roxanne.

–Entonces, ¿por qué te estás riendo?

Titus atenuó su sonrisa.

–Quiero decir que la aristocracia también ha tenido que hacer muchos recortes, como todo el mundo.

–Oh, cielos –dijo ella, fingiendo que tocaba un violín–. Mi corazón gime de dolor. ¿Por qué no has vendido algo de terreno? Aunque lo hicieras, seguiría quedándote mucho.

–Pensé que querías saber más cosas acerca de las personas que trabajan aquí –replicó él con frialdad–. Estarás a las órdenes de Vanessa, el ama de llaves. También hay un cocinero y varios pinches, además de jardineros, administrativos y varios limpiadores. No sé el número exacto, pero estoy seguro de que pronto los conocerás a todos.

–De acuerdo –respondió Roxy, resistiéndose a la tentación de girarse a mirarlo de frente.

Luego se aclaró la garganta.

–¿Y cómo es crecer rodeado de servicio? –preguntó.

Titus redujo la velocidad del Bentley.

–Seguro que tú también tenías empleados cuando eras una estrella de la canción.

–Sí, pero era la discográfica la que los contrataba o pertenecían al hotel en el que estuviésemos alojadas. Nunca he tenido empleados propios.

–Pero seguro que tenías un manager.

–Era mi padre –le respondió Roxy en tono inexpresivo.

–¿Y ya no está?

–No se ha muerto, si es a eso a lo que te refieres.

–No, no me refería a eso.

Roxy bajó la vista a sus uñas sin esmalte. Tenía dos de ellas rotas. La pregunta de Titus quedó en el aire, pero era demasiado educado para no insistir ni preguntarle por qué no le pedía ayuda a su padre.

–Está vivo –añadió a regañadientes–, pero ya no es mi manager, ni lo sería si necesitase uno, aunque ahora no lo necesito. Últimamente no nos vemos mucho.

–¿Por qué no?

Aquella pregunta la sorprendió tanto que no pudo evitar responderla. Además, el duque parecía interesado en el tema.

–El hecho de que tenga una novia tras otra, cada vez más jóvenes, no ayuda a mejorar la relación entre padre e hija –le dijo–, y las cosas no han vuelto a ser las mismas entre nosotros desde que perdió toda mi fortuna con algunas inversiones equivocadas.

–Vaya –comentó Titus en voz baja.

Roxy se encogió de hombros.

–Sí, en el momento fue bastante doloroso, pero uno se acostumbra a todo. Lo que llega fácil, fácil se va –recitó como si no le importase–, pero ya hemos hablado suficiente de mí. ¿Tú tienes familia?

Titus siguió conduciendo despacio. Si hubiese estado con cualquier otra persona, probablemente habría cambiado de tema. Y si hubiese estado con cualquier otra persona esta se lo habría permitido, pero Roxanne Carmichael era diferente. Y no solo por la seguridad que tenía en sí misma, que debía remontarse a la época en la que las masas la habían aclamado. Era diferente debido a las circunstancias de su llegada a aquella casa.

No había enviado su currículo después de ver un anuncio en la prensa. Había sido él quien la había llevado allí, creando así un inusitado vínculo entre ambos. Lo que significaba que no podía ser con ella tan displicente como habría sido con cualquier otro empleado que le hubiese hecho una pregunta tan personal. Además, Roxanne iba a vivir allí, así que era inevitable que se enterase de muchas cosas acerca de él. ¿Por qué no omitir al intermediario y contárselas él mismo para variar?

–Mi padre falleció hace dieciocho meses. Fue entonces cuando heredé el título. Anteriormente, vivía en París, como un humilde duque.

–No te imagino humilde en ningún aspecto.

–¿Debo tomármelo como un cumplido? –preguntó él en tono irónico–. No, creo que no.

–¿Y tu madre, todavía vive?

–Sí –le respondió Titus–. En estos momentos, en Escocia.

–¿Y por qué no vive aquí?

Titus apagó el motor a pesar de que todavía estaban a cierta distancia de la casa, porque supo que, en cuanto se acercasen, saldrían varios sirvientes a recibirlos.

–Porque se divorció de mi padre hace muchos años –le contestó–. Cuando descubrió que tenía desde hacía mucho tiempo una aventura con una mujer que después se convirtió en mi madrastra.

Roxy se dio cuenta de que decía la palabra «madrastra» con desprecio y, de repente, entendió un poco mejor su comportamiento. ¿Explicaba aquello que la hubiese condenado tan rápidamente al pensar que se había acostado con Martin Murray?

–Y tu madrastra sí que vive aquí, ¿no? –le dijo, preguntándose cómo sería el ambiente si la respuesta era afirmativa.

–No. Decidió cambiar de aires cuando mi padre enfermó. Por suerte, yo pude convencerlo de anular el matrimonio antes de que muriese –le contó en tono frío–. Así que, aunque ella le fue infiel y lo engañó, por lo menos no ha podido quedarse con la finca.

A Roxy no le sorprendió la dureza de su voz al decir aquello, puesto que ya le había hablado en el mismo tono a ella. Qué hombre tan duro. Aunque también carismático, con un atractivo casi imposible de ignorar. Lo que era una locura. Ella tenía la sensatez suficiente para darse cuenta de que, podía atraerle algo, pero no le gustaba. Así que lo mejor sería no tener ningún pensamiento romántico al respecto e intentar que su relación fuese más profesional.

–Creo que tengo que darte las gracias –le dijo–. Por haberme rescatado de ese horrible hostal y por haberme dado trabajo.

Titus se encogió de hombros.

–Digamos que ha sido causa efecto. Llegaste a ese hostal por mi culpa.

Roxy negó con la cabeza. Quizá se hubiese sentido mejor echándole a él la culpa de todo, pero no habría sido justo.

–No. Ya llevaba varios días encontrándome mal. Tenía que haber ido al médico.

Titus tuvo que admitir que aquel comentario era generoso por su parte. La vio recogerse el pelo en una trenza y cómo dejaba que esta cayese sobre la suculenta curva de sus pechos. Haciendo un esfuerzo, volvió a centrar la atención en el esplendor de su casa.

–Mira –dijo, deteniendo el Bentley en el amplio patio delantero de Valeo Hall.

A Roxy se le cortó la respiración un segundo mientras admiraba el edificio.

–¡Oh... vaya!

–¿Te gusta? –le preguntó él con cierto orgullo.

–¿Que si me gusta?

Hizo una pausa y luego añadió.

–Titus... ¡es increíble!

Dos leones de bronce hacían guardia desde un enorme pedestal. Unas columnas gigantes bordeaban las anchas escaleras que daban a la puerta principal, donde una atractiva mujer de unos treinta años los esperaba. Llevaba el pelo recogido y un elegante vestido gris que, claramente, era un uniforme.

–Ven a conocer a Vanessa –le dijo Titus.

Roxy se puso la chaqueta y salió del coche para subir las escaleras detrás de él.

–Qué alegría verlo, Su Excelencia –lo saludó la mujer en voz baja–. ¿Ha tenido un buen viaje?

–Muy bueno, gracias, Vanessa –respondió él–. Había muy poco tráfico.

Roxy se quedó atónita. ¿Su Excelencia? No era posible que la gente siguiese utilizando aquel término.

–Esta es Roxanne –continuó diciendo Titus al ama de llaves–. Ya te he hablado de ella por teléfono. Es una limpiadora con experiencia, pero no olvides que ha estado enferma... así que haz que se vaya incorporando poco a poco, ¿de acuerdo?

–Por supuesto –respondió Vanessa, sonriendo a Roxy con cautela–. Bienvenida a Valeo, Roxanne. En estos momentos estamos muy ocupados con los preparativos de la fiesta de Su Excelencia, así que no tardaré en encontrarte alguna tarea.

Roxy asintió, no podía evitar sentirse decepcionada. Iba a echar de menos a Titus, aunque este la hubiese descrito como una limpiadora con experiencia. Ya no volvería a estar a solas con él y, a partir de ese momento, solo sería una más de sus empleadas. Se obligó a sonreír.

–Gracias. Estoy... deseando empezar a trabajar.

–Bien. Te enseñaré la casa ahora, para poder dejar tranquilo a Su Excelencia –dijo Vanessa–. Me temo que tardarás bastante en orientarte, porque es una casa enorme.

–Ya lo veo –respondió Roxy.

Levantó la vista y vio unos ojos grises observándola, y notó que el corazón le daba un vuelco.

–Gracias por haberme traído, Su... Excelencia.

–El placer ha sido mío –respondió él con frialdad.

Luego se giró y entró en la casa, y Roxy se quedó allí un momento, sintiéndose como una niña pequeña que acababa de perder la mantita con la que siempre dormía, hasta que Vanessa interrumpió sus pensamientos.

–Entra –le dijo.

Roxy había pensado que entrar en Valeo Hall iba a ser parecido a registrarse en un hotel de lujo, pero nada más hacerlo cambió de opinión. Una enorme escalera de mármol, sostenida por unas columnas inmensas, llevaba a la primera planta. Y ella se sintió como si estuviese en un museo, de excursión con el colegio. Levantó la vista hacia los altísimos techos con molduras labradas y doradas. De las paredes de madera oscura colgaban exquisitos tapices y las lámparas, que brillaban como cascadas de diamantes, reflejaban la luz por el extenso suelo.

Pero lo que más la impresionó fue la magnitud del lugar. A los pies de la escalera había una silla, probablemente, por si alguien se cansaba después de haber recorrido el recibidor, que, en comparación con todo lo demás, parecía tan pequeña como la de una casa de muñecas.

–Dios santo –murmuró entre dientes, pero Vanessa debió de oírla, porque sonrió.

–Lo sé. La primera vez impresiona, ¿verdad? Recuerdo cuando llegué, ¡no me podía creer que fuesen a permitir que me quedase! –le contó a Roxy, mirándola con curiosidad–. Tengo entendido que solo tienes un contrato temporal, hasta después de la fiesta de cumpleaños de Su Excelencia, ¿verdad?

Roxy asintió.

–Eso es. ¿Va a ser una fiesta muy grande?

–Creo que va a haber alrededor de trescientos cincuenta invitados.

–¡Hala! –exclamó Roxy–. Debe de tener muchos amigos.

–La verdad es que las amistades de Su Excelencia no son asunto mío –replicó Vanessa–, ni tuyo tampoco. Me temo que vas a estar demasiado ocupada sacando brillo a la cristalería y quitándole el polvo a las estatuas como para tener tiempo para pensar en la vida privada de Su Excelencia. Ahora, si quieres, te acompañaré a la casa en la que te vas a alojar.

Roxy se sintió decepcionada.

—¿No voy a quedarme aquí?

Vanessa giró la cabeza y la miró como si hubiese cometido el segundo error en solo unos minutos.

—¿En la casa principal? Por supuesto que no. ¿Eso pensabas? Los alojamientos del servicio están a cinco minutos de aquí, cerca del molino. Ya verás, las instalaciones son excelentes y vas a estar muy cómoda. Espera que me ponga el abrigo antes de salir... hace bastante viento fuera.

Roxy se dio cuenta de que era cierto al salir de nuevo a la calle. Las nubes eran oscuras y pesadas, pero hacía demasiado frío para que se pusiese a nevar. Atravesaron la hierba helada y se acercaron a una hilera de pequeñas casas. Vanessa abrió la puerta de una de ellas y Roxy tuvo que agacharse para entrar.

Los muebles eran sencillos y las ventanas pequeñas. Encima del sofá había un cojín con forma de cocodrilo verde y en la mesita del café, una taza usada y un paquete de galletas abierto. Vanessa chasqueó la lengua con desaprobación.

—Vas a compartir alojamiento con Amy, una de nuestras limpiadoras fijas, que tiene más o menos tu edad.

—¿Compartir? —repitió Roxy sorprendida.

La última vez que había compartido piso había sido cuando había empezado a cantar con The Lollipops.

–¿No te lo había mencionado Su Excelencia? Supongo que no se acordó. Tendrás tu propia habitación, por supuesto –añadió Vanessa–. Le pedí a Amy que ordenase la casa antes de que llegases, siento que no lo haya hecho.

–No importa –respondió ella automáticamente.

–La cena del servicio se sirve en la casa principal, a las seis y media –le explicó Vanessa–. No llegues tarde. El cocinero es estupendo, pero no le gusta que nadie se retrase. Ahora, si no tienes ninguna pregunta, te dejaré para que deshagas la maleta.

Después de que el ama de llaves se hubiese marchado, Roxy deshizo la maleta y se preparó una taza de té en la pequeña y antigua cocina. Con esta calentándole las manos, se acercó a la ventana y miró hacia el cielo, cada vez más oscuro. Y pensó en lo extraño que era el destino y a los lugares tan diferentes que podía conducirla.

Había terminado trabajando en una enorme casa, de limpiadora. No era lo ideal, pero no tenía elección.

Y lo que no podía hacer era empezar a enamorarse de su arrogante y aristocrático jefe.

Capítulo 5

ROXY no se había dado cuenta hasta entonces de que había copas de vino que costaban cada una como el sueldo de un mes. Ni de que iba a tener que limpiar cientos de cosas para preparar la fiesta del duque.

Suspiró mientras tomaba otra delicada copa y la veía brillar a contraluz y se imaginó con ella en la mano, brindando con el hombre del cumpleaños. ¿Qué le diría, si le hablase con el corazón en la mano? «Por Titus Alexander, el duque de mirada gélida en el que no puedo dejar de pensar a pesar de saber que desprecia a las mujeres como yo».

–Así que aquí es donde has estado escondiéndote.

Una voz aristocrática que le era muy familiar interrumpió sus pensamientos y Roxy estuvo a punto de dejar caer la valiosa copa. Se giró y vio un par de ojos grises que la miraban de manera burlona.

Tenía la sensación de que había pasado un año desde la última vez que había hablado con él, pero todavía no hacía una semana. Una semana en la que se había centrado en su trabajo y había intentado olvidar a su carismático jefe, pero la presencia de Titus parecía impregnar toda la casa. Todo giraba en torno al duque y a los deseos de este.

Lo había visto por allí alguna vez, pero solo se había dirigido a él en una ocasión, cuando el ama de llaves le había pedido que le llevase dos copas de whisky. Roxy se lo había encontrado con su gerente y Titus había levantado la vista al verla entrar y había dicho:

—Ah, Roxanne.

Y lo había dicho de un modo que el otro hombre lo había mirado con curiosidad.

A ella le habían temblado las manos al dejar la bandeja y, al incorporarse, se había dado cuenta de que Titus tenía la mirada clavada en sus piernas.

En ese momento también le temblaron las manos al dejar la copa e intentar poner gesto inexpresivo, aunque no fuese fácil.

Lo miró a los ojos y sintió una instantánea punzada de deseo.

—Sí, aquí estoy —dijo con naturalidad.

—¿Y todavía no has roto nada? —le preguntó él en tono irónico, mirando la copa que había encima de la mesa.

—Me temo que esta mañana he roto dos —le contó Roxy alegremente.

Él palideció un poco.

—¿Es una broma?

—Sí. Tal vez esté un poco aturdida después de tanto cristal georgiano, pero hasta el momento he conseguido no romper nada.

–Bien.

Hubo una pausa durante la cual Titus intentó no mirar a la curva de sus labios. O dejar de preguntarse por qué la había buscado después de haberse jurado a sí mismo que continuaría guardando las distancias. Tal vez porque no había podido dejar de soñar con ella por las noches. Y eso era una locura de fácil solución. Porque podía llamar por teléfono a alguien y tenerla allí cuando quisiera, a alguna mujer bella y de su clase, que estaría encantada de que el duque le diese una cita.

Pero, por frustrante que fuese, tenía que reconocer que nadie lo atraía como Roxy Carmichael. Estaba obsesionado con ella o, más bien, con la idea de acostarse con ella, y estaba empezando a preguntarse si merecía la pena seguir luchando contra aquello. Porque era evidente, por cómo se le oscurecían los ojos cuando lo miraba, que la atracción era mutua. ¿Por qué no se dejaba llevar por la intensa química que había entre ambos? Sí, ella era una criada y él había jurado que no volvería a adentrarse en un terreno tan peligroso nunca más, pero a veces la tentación era demasiado fuerte como para resistirse...

Tragó saliva al darse cuenta de que los botones de la parte alta del uniforme estaban muy tensos debido a la generosa curva de sus pechos.

–Espero que... ya te hayas instalado.

–Sí –le contestó Roxy, sonriendo de manera educada–. Gracias.

Titus hizo un esfuerzo por hacerle el tipo de preguntas que cualquier jefe le haría a una empleada, en vez de las que tenía en la punta de la lengua.

–¿Y te gusta trabajar aquí? –añadió.

Roxy intentó no estremecerse bajo su ardiente mirada, pero no era fácil. Cuando la miraba así, solo podía pensar en abrazarse a su cuello, ponerse de puntillas y besarlo. Y mucho más. Se preguntó cómo sería estar pegada a aquel cuerpo tan viril. Como sería tener a Titus Alexander entre sus brazos, llenándola de besos...

«¡Vuelve a la Tierra, Roxy!», se reprendió a sí misma. «Te está pagando por hacer un trabajo tedioso porque se siente algo culpable contigo. Tal vez os deseéis, pero acostarte con el duque de Torchester es lo peor que podrías hacer. Así que deja de coquetear con él».

–Está bien –respondió en tono indiferente.

Titus frunció el ceño porque aquella actitud que tenía Roxy era otro indicador de que no podía ser su amante. Aunque no fuese el trabajo de sus sueños, al menos podría haber tenido el detalle de hacer algún comentario acerca de la belleza de la casa, pero, no, se había encogido de hombros como si la estuviese obligando a trabajar en una casucha.

–Veo que no te entusiasma trabajar en una de las mejores casas de Inglaterra –comentó, movido por su orgullo.

–Tal vez porque no he tenido tiempo de verla en todo su esplendor. He estado demasiado ocupada trabajando.

–¿A lo mejor te gustaría subir a limpiar las copas del Gran Salón? –inquirió él en tono sarcástico.

Ella lo miró a los ojos.

–Tal vez.

Titus esbozó una sonrisa muy a su pesar al ver que Roxy lo miraba como si fuese la reina de Saba. ¿No era consciente de lo escandaloso que era su comportamiento? Quizás pensaba que el hecho de haber sido famosa le daba derecho a una serie de concesiones y que las reglas eran diferentes para ella que para los demás. O tal vez siguiese considerándose una diosa, a pesar de llevar el pelo recogido en una cola de caballo e ir casi sin maquillaje. No obstante, no se podía negar que tenía una gracia natural al levantar la barbilla de manera desafiante. Y el modo en que lo estaba mirando la hacía parecer curiosamente inocente.

Pero Titus se recordó que de inocente no tenía nada. Era capaz de utilizar a los hombres, a hombres estúpidos como Martin Murray. Y, aunque no se hubiese acostado con él, lo había manipulado para conseguir un alquiler barato. Y Titus no confiaba en mujeres así. No le gustaban las mujeres así.

Deseó poder sacársela de la cabeza. O saber qué tenía, para haber capturado de aquel modo su imaginación a pesar de haber intentado guardar las distancias con ella.

La había visto por la casa, eso era inevitable. En una ocasión, en la Galería de las Estatuas, limpiándole el polvo a uno de sus antepasados, un general del ejército bastante despiadado, con fama de buen amante. Roxanne, ajena a su presencia, había pasado el dedo por su mejilla de mármol y había llegado después a los fríos labios, que había tocado como si fuesen reales. Y por un momento, Titus se la había imaginado acariciándolo así a él.

Otra vez, mientras montaba a caballo, la había visto dirigiéndose de su casa a la casa principal y se había fijado en la gracia con la que andaba a pesar del viento y de no saber que la estaban observando. Por un momento, se había imaginado galopando hacia ella para subirla a la silla y llevársela a pasar con él una tarde de puro placer. Pero no se había acostado con ninguna criada desde la adolescencia y había jurado no volver a hacerlo después del escándalo que se había formado entonces. Las criadas eran demasiado emocionales y solían confundir el deseo con el amor. O, más bien, utilizaban la palabra amor para justificar su deseo. Titus esbozó una sonrisa amarga. ¿Por qué no era sincero y admitía que eso no era cierto?

¿Qué había de malo en estar a solas con ella un rato? ¿Por qué no podía ceder a un deseo que era casi un delito negar? Sobre todo, teniendo en cuenta que Roxy no era en absoluto inocente. ¡Seguro que, en el sexo, tenía tanta experiencia como él!

–¿Quieres que te enseñe la casa? –le preguntó en tono despreocupado–. Quiero decir, bien enseñada.

Roxy arqueó las cejas.

–¿Como si fueses un guía turístico, quieres decir?

–Si quieres –respondió él–. Aunque me temo que no tengo uniforme.

–Qué pena –dijo ella, consciente de que ambos estaban teniendo un comportamiento muy poco profesional.

Pero no podía evitarlo porque estaba empezando a descubrir que coquetear era un poco como montar en bicicleta, que nunca se olvidaba por mucho tiempo que hubiese pasado.

–Me gustan los hombres uniformados –añadió.

Titus se maldijo en silencio al darse cuenta de que su cuerpo había reaccionado al oír aquello.

–Pues el uniforme tendrá que ser para otro momento –le respondió–. Deja eso y ven conmigo.

–Vanessa me ha dicho que lo tenía que terminar.

–Yo me ocuparé de Vanessa. Ya lo terminarás después. ¿No sabes que los deseos del duque están por delante de cualquier otra consideración, Roxanne?

Lo dijo en tono de broma, pero a Roxy le pareció que no estaba bromeando. De repente, había en él una tensión distinta. Estuvo a punto de contestarle que era ella la que debía responder ante el ama de llaves, pero no lo hizo. Se limitó a dejar el paño que tenía en la mano encima la mesa y a seguirlo con el corazón acelerado.

–En primer lugar –dijo Titus, atravesando una enorme habitación–, el Gran Salón.

Roxy lo siguió.

–Que le hace honor a su nombre –comentó, tocando el brazo de un sofá cubierto por un maravilloso terciopelo–. Qué tela tan bonita.

–Es de Génova –le contó él.

–¿De dónde si no? –murmuró Roxy, andando por la habitación y preguntándose cuánto tiempo se habría tardado en construir y decorar un lugar así.

–Ahora, ven a ver la Sala de Estar. Ya verás que tiene un tamaño mucho más accesible.

–Me temo que nuestras ideas de lo que es accesible son muy distintas, Titus.

Mientras salían del Gran Salón, Titus se maldijo por haber utilizado una palabra tan provocadora. Una palabra que le hacía pensar en el cuerpo de Roxy. Ni siquiera oírla llamarlo por su nombre de pila en las horas de trabajo, cosa que no debía hacer, aplacó el deseo que sentía en esos momentos.

–Tal vez tengas razón –admitió.

Después la llevó a la Galería de las Imágenes, donde las paredes cubiertas de paneles de madera estaban llenas de impresionantes cuadros. Todavía no le habían permitido trabajar en aquella habitación y Roxy sabía que algunas de las obras tenían un valor incalculable. Era tan extraordinaria como cualquier galería de arte pública y, por un momento, Roxanne se quedó tan impresionada con la belleza de los cuadros que no pudo ni hablar.

Sabía que Titus la estaba observando y le gustaba que lo hiciera, a pesar de sentirse excitada. Se detuvo delante del cuadro de una mujer desnuda que se estaba cepillando el pelo y suspiró.

–¿Te gusta ese? –le preguntó él.

–Es mi favorito. Es maravilloso. Parece tan real, que da la sensación de que podrías alargar la mano y pellizcarla. Aunque, evidentemente, no voy a hacerlo –añadió enseguida.

Él esbozó una sonrisa.

–Evidentemente.

Pasaron a observar el siguiente cuadro, pero Roxy estaba empezando a sentirse incómoda. Era como si el silencio que se estaba creando entre ambos se estuviese volviendo peligroso. Como si, si no lo rompiese pronto, se le podía escapar en cualquier momento algo completamente inadecuado, como que, por favor, la besase. Tal vez lo mejor fuese refugiarse en una conversación trivial. Seguro que a él se le daban bien.

Se aclaró la garganta.

–¿Y qué es lo que hace un duque durante todo el día?

–¿No se te ocurre nada? –le preguntó él.

–Bueno, algo sí –admitió ella, poniéndose recta para mirarlo–. Sé que empiezas el día montando a caballo, porque he oído quejarse a los mozos de cuadra de que te sueles levantar al amanecer.

–A veces me regañan por ello –comentó Titus.

–Y también sé que alguien te sirve el desayuno,

porque he visto al cocinero prepararte los huevos escalfados mientras le decía a alguien cómo te gustan las tostadas.

Titus contuvo una sonrisa.

—¿Y después del desayuno?

Roxy se distrajo momentáneamente con sus ojos. La mirada de Titus era melancólica en esos momentos.

—Después desapareces y te pasas casi toda la mañana en tu despacho.

—¿Y qué crees que hago allí? —le preguntó él.

Ella se encogió de hombros.

—No lo sé. ¿Juegas a los *Angry Birds* en el ordenador?

—Los juegos de ordenador nunca me han parecido una buena manera de pasar el tiempo —respondió él en tono ácido.

—Es posible que hagas un par de llamadas antes de la comida.

Titus la miró con frialdad, como si la estuviese evaluando.

—Así que piensas que me paso el día comiendo y pasando el rato.

Roxy sintió calor en la piel, pero ¿qué mujer no sentiría calor y se ruborizaría si Titus Alexander la miraba así? Y tal vez este tuviese razón. No parecía ser de esos hombres que se pasaban el día sin hacer nada, de hecho, parecía más bien un hombre que trabajaba de sol a sol.

–Supongo que ha sido una apreciación bastante errónea –admitió.

–Tal vez. Y tal vez yo debería contarte cómo paso los días últimamente, Roxanne –le dijo él, sin apartar la mirada, pero con la respiración de repente entrecortada–. Al contrario de lo que dicen los mozos de cuadra, llevo unos días levantándome más tarde de lo habitual.

–Oh, vaya. A lo mejor necesitas un despertador nuevo.

–No suelo necesitar despertador, pero tampoco suelo pasar las noches dando vueltas en la cama, incapaz de sacarme una cosa de la cabeza.

–Es cierto, eso que dicen de que cuanto más piensas en que no puedes dormir, más te cuesta conciliar el sueño –le dijo ella muy seria.

–¡No estoy hablando de mi sueño!

–Yo creo que sí, Titus.

Frustrado por aquel juego verbal, Titus la agarró y la apretó contra su cuerpo, la miró a los ojos y fue consciente de que estaba excitado y tenía el corazón acelerado.

–Estoy hablando de ti –la corrigió–. Sí, de ti. Porque no consigo sacarte de mi cabeza, Roxanne. Haga lo que haga.

A Roxy se le secó la boca al sentir el calor de su cuerpo contra el de ella.

–Pensé que no era tu tipo –objetó–. Y es evidente que tú tampoco eres el mío.

Él sonrió.

–¿Estás segura?

–Bastante.

–Mentirosa –murmuró Titus antes de besarla.

Fue como acercar una cerilla a la yesca seca, mucho más inmediato y predecible de lo que Roxy había podido imaginar. Separó los labios y él le metió la lengua dentro mientras la agarraba con fuerza por la cintura. Y, de repente, la estaba besando como no la habían besado nunca en la vida. El placer que le procuró hizo que Roxy se sintiese momentáneamente aturdida.

Titus empezó a acariciarla y ella notó enseguida sus dedos en los pechos. Sintió cómo se le endurecían los pezones y gimió contra su boca.

Titus la oyó y, de repente, se le olvidó dónde estaba y quién era. Se olvidó de su agenda y de los planes que tenía para aquel día. Solo podía pensar en Roxanne Carmichael y en la tentadora idea de tener sexo con ella. Un sexo rápido, urgente. Le abrió el vestido de manera salvaje y metió la mano debajo de la camiseta para acariciarle el pezón. Se lo imaginó rosado, en su máximo apogeo, y no pudo evitar estremecerse.

–Roxanne –gimió.

–Titus –imploró ella, al notar que este había bajado la mano y le estaba acariciando las piernas, los muslos y...

–Te deseo –balbució él, acariciándole el centro de su feminidad–. No puedo esperar ni un segundo más. Ya tengo la sensación de haber esperado una eternidad para poder hacer esto. Quiero tumbarte aquí mismo, en esta alfombra, bajarme los pantalones y...

Roxy sintió más que oyó la obscenidad que Titus tenía en la punta de la lengua y que se vio acallada por el sonido distante de unos pasos que se acercaban. Ambos se quedaron inmóviles un momento, luego Roxy le sacó la mano de sus braguitas y se apartó de él horrorizada.

–¡Es Vanessa! –susurró, alisándose la ropa.

–Quédate aquí –le ordenó Titus–. No te marches.

¿Adónde iba a ir? ¿A darse de bruces con el ama de llaves en semejante estado de excitación?

Titus se pasó la mano por el pelo grueso de un rubio oscuro, y se dirigió a la entrada de la galería. Roxy vio acercarse al ama de llaves con una extraña sonrisa en los labios.

–Su Excelencia –lo saludó.

–Ah, Vanessa –respondió él, imperturbable–. Espero no haber interferido en tus planes, pero era la hora de la comida de Roxanne y le había prometido que iba a enseñarle los cuadros.

Miró el cuadro de la mujer delante del espejo y luego a Roxy, y sonrió débilmente al darse cuenta de que estaba ruborizada y tenía los ojos brillantes.

–Creo que se ha quedado prendada con el Rubens.

–¿Sí? –dijo Vanessa.

–Así que tal vez lo mejor sea dejarla a solas para que pueda disfrutarlo, ¿no?

Habló en un tono que no daba pie a más preguntas, al menos, por parte del ama de llaves, pero al girarse para marcharse inclinó la cabeza hacia Roxy de manera condescendiente. Era el tipo de despedida que se esperaba que un duque emplease con su criada más nueva. Y Roxy se preguntó si se le notaría en la cara la culpabilidad que estaba sintiendo. O la frustración.

–Oh, mira –dijo Titus, sin dirigirse a nadie en particular, mirando por las enormes ventanas–. Ha empezado a nevar.

Capítulo 6

EL VIENTO agitaba con fuerza la nieve y Roxy se cerró la chaqueta al salir a la calle para dirigirse a su habitación. El paisaje había cambiado drásticamente desde el inicio de la tormenta. Los enormes copos de nieve no habían cesado de caer y, en cuestión de tan solo unas horas, la finca se había convertido en un paisaje invernal. El patio estaba blanco y la belleza de Valeo Hall era indescriptible.

Los criados más antiguos se habían quejado de que iban a tener más trabajo, pero Roxy estaba encantada con aquella intervención de la Naturaleza. Encantada de que la tormenta la hubiese distraído del recuerdo, infinitamente más perturbador, de lo ocurrido a la hora de la comida.

A pesar del frío, le ardían las mejillas al entrar en casa. Le cerró rápidamente la puerta a las inclemencias del tiempo y se dio cuenta, porque estaba encendida la chimenea y por los restos de galletas, de que Amy estaba en casa.

–Hola –dijo en voz alta.

Oyó un ruido en el piso de arriba y después llegó la respuesta:

—¡Estoy en el baño!

Y Roxy se alegró de no tener que ver a su compañera. Estaba tan conmocionada por el encuentro que había tenido con Titus que no estaba segura de ser capaz de tener una conversación coherente con nadie, mucho menos con la efervescente Amy, que todavía no podía creerse que una excomponente de The Lollipops estuviese viviendo con ella.

Se sacudió la nieve de la chaqueta y, después de quitarse las botas, Roxy se acercó al fuego, con las palmas de las manos levantadas hacia las llamas.

¿Estaba loca? ¿Cómo era posible que hubiese reaccionado con tanta avidez y tanto deseo a la seducción de su jefe? Hizo una mueca. Lo cierto era que no había necesitado seducirla. Ella sola se había lanzado a sus brazos y se preguntó si habría permitido que Titus hiciese lo que le había dicho que quería hacer con ella si Vanessa no hubiese aparecido de repente.

Había querido tumbarla en la alfombra y...

Su cuerpo se puso tenso al recordar la aspereza con la que había dicho aquellas palabras. Aunque no podía culparlo porque había sido ella quien lo había alentado con sus comentarios y sus sonrisas, pero cuando Titus había empezado a besarla... algo había cambiado. Había dejado de ser un juego y había empezado a ser algo serio. Ella había ardido de deseo. Intentó convencerse de que su pasión se debía a que hacía mucho tiempo que no había estado con un hombre. Era la mejor manera de justificar su comportamiento. Porque la alternativa era aceptar que Titus Alexander desenterraba en ella emociones que, hasta entonces, habían estado encerradas.

Unos fuertes golpes en la puerta la sobresaltaron, aunque no tanto como el sonido apagado de una autoritaria voz.

—¡Abre la maldita puerta!

Con el corazón acelerado, Roxy abrió la puerta y vio una figura alta cubierta de nieve. A pesar de su confusión, Roxy no pudo evitar echarse a reír.

—¿Qué es lo que te parece tan gracioso? —rugió Titus, sacudiéndose la nieve del abrigo.

—¡Pareces un muñeco de nieve!

—Y me siento como tal. Déjame pasar.

—¡No puedes entrar! —murmuró ella.

—¿Cómo que no puedo entrar? Puedo hacer lo que me plazca —respondió él, entrando en la casa con una botella de vino en la mano—. Además, te traigo un regalo, ¿por qué no te portas como una chica buena y vas a abrir esto?

Roxy agarró automáticamente la botella, pero la arrebatadora arrogancia de Titus y el hecho de que la hubiese llamado «chica buena» la tentaron a decirle dónde podía meterse el vino. Aunque en realidad, lo que más la preocupaba en esos momentos era que Amy bajase dando saltos por las escaleras.

Dejó la botella de vino en el aparador y se giró hacia él.

–Titus, de verdad. No puedes...

–Ya es demasiado tarde para eso –respondió él, tomándola entre sus brazos para besarla.

Fue un beso ávido, casi brutal, que hizo que a Roxy se le quedase la mente en blanco y que arrasó con todo, menos con el deseo de tener más. Titus tenía el rostro helado, pero los labios calientes, y Roxy sintió cómo los copos de nieve se le fundían en las mejillas al caer de su pelo. Se aferró a sus hombros.

–Titus –dijo entre dientes–. Esto es una locura.

–En eso estoy de acuerdo –admitió él, que también tenía la respiración entrecortada–, pero ¿sabes una cosa? Que me gusta demasiado como para parar.

Volvió a besarla, acabando con las dudas de Roxy. La acarició y metió la mano por debajo de su falda.

Ella gimió al notar que volvía a acariciarla por debajo de las braguitas.

–Ah, Titus. No puedes...

–¿Que no puedo? –le dijo él–. ¿No te gusta?

–Sabes que sí –gimió ella.

–A mí también.

Estaba más excitado que en mucho tiempo, tal vez más que nunca. Quería devorarla. Quería probar y tocar cada delicioso centímetro de su piel. Le acarició el sexo, deseando tenerla completamente a su merced antes de subirla al piso de arriba, a la cama.

–Titus...

–Shh.

La acalló con otro beso y disfrutó de los pequeños gemidos que emitía al respirar. Estaba saboreándola cuando oyó un ruido que le llamó la atención y, sin dejar de acariciarla, le preguntó:

–¿Qué ha sido eso?

–Mi... compañera –consiguió decirle ella.

–¿Tu compañera? –repitió Titus, furioso.

–Sí. Está... en el baño.

Titus sacó la mano enfadado y se apartó un paso de ella.

–Esto está empezando a convertirse en una farsa –protestó.

A pesar de su propia frustración, Roxy no pudo evitar sonreír. Porque, de pronto, con aquella truculenta expresión en el rostro y una sensual mueca en los labios, podía imaginárselo perfectamente de niño.

–¿Titus no consigue lo que quiere? –bromeó mientras intentaba respirar con normalidad.

Él la miró a los ojos.

–Yo creo que, más bien, Roxanne no consigue lo que quiere –dijo, para después preguntar–: ¿Y no sale nunca, tu compañera?

Roxy asintió.

–Sí. De hecho, se está preparando para salir ahora. Trabaja algunas noches en el pub local.

–¿A qué hora?

–Sale de casa a las siete. Titus, tienes que irte.

Por favor. A no ser que quieras que baje y te encuentre aquí.

Por un momento, Titus pensó que era irónico, que la más reciente de sus empleadas lo echase de una casa que era suya. La vio despeinada y con las mejillas sonrojadas y volvió a sentir la tentación. ¿Por qué no podía llevársela al piso de arriba y cerrar la puerta, olvidándose de su compañera? Pero pudo más su cordura y, haciendo un esfuerzo, fue hasta la puerta.

—Volveré —le prometió en un susurro mientras abría la puerta y salía a la tormenta.

Roxy se quedó temblando y corrió al piso de arriba, a su pequeña habitación, porque no le apetecía ver a Amy en semejante estado. Se apoyó en el tocador y cerró los ojos, abrumada por una mezcla de culpabilidad y placer.

¿Qué acababa de ocurrir? Que Titus Alexander había ido a su casa y había estado a punto de provocarle un orgasmo. Y que ella se había aferrado a él como una mujer salvaje y casi le había dejado hacer.

Se miró el reloj y oyó a Amy salir del cuarto de baño y moverse por su habitación. Eran más de las seis y Titus había dicho que volvería a las siete. La cuestión era si iba a ser capaz de decirle que aquello era un terrible error y que había cambiado de idea. Porque eso sería lo más sensato, ¿no? Para ambos.

Notó que se le aceleraba el corazón y supo que

no podría hacerlo. No quería acordarse después de Titus y pensar en un rápido encuentro furtivo en la puerta de una de sus propiedades. Tenía la sensación de que nunca había sentido una pasión igual. Quería hacer el amor con él, sin limitaciones. Y quería abrazarlo después y acariciarle el pelo hasta que se durmiese. Quería besar su piel y aspirar su particular aroma.

Fue al cuarto de baño y llenó la bañera. Haría todo lo posible hasta que volviese y después, después...

—¡Roxy! —la llamó Amy de repente.

—¿Qué?

—¿Puedes venir un momento?

Roxy sintió verdadero pánico al pensar que podía haber alguna prueba que la delatase.

A regañadientes, bajó al primer piso y vio a Amy poniéndose una bufanda al cuello antes de marcharse. La había oído quejarse en varias ocasiones de que en la finca de los Torchester no pagaban lo suficiente, pero Roxy sospechaba que el trabajo del pub le gustaba porque era un lugar donde podía ligar.

Amy y ella se habían llevado bien desde el primer momento, aunque a su compañera de piso le había costado creer que fuese a vivir con una ex-componente de The Lollipops.

Aquello era algo que cada vez le ocurría menos. De hecho, ya no le pasaba casi nunca. Roxy se preguntaba si era porque se estaba haciendo mayor o

porque casi no se arreglaba el pelo ni se maqui-
llaba. En cualquier caso, no le importaba. Al menos, si no la reconocían no tenía que soportar que
le hiciesen siempre las mismas preguntas.

Pero Amy había sido una gran seguidora del
grupo y hasta había comprado *Sweet and Sticky*, el
primer disco de The Lollipops. También había estado en uno de sus conciertos. El hecho de que le
hubiese gustado tanto el grupo había hecho que
Roxy sintiese mucha nostalgia de aquella época.

Amy le dio otra vuelta a la bufanda y señaló el
aparador.

–¿Qué es eso?

–¿El qué? –preguntó Roxy, todavía algo aturdida por la provocadora visita de Titus.

–¡Esto! –insistió Amy, tomando la botella de
vino y mirando la etiqueta–. Chateau Margaus
–leyó–. No entiendo mucho de vinos, pero sé que
no es precisamente un vino peleón. ¿De dónde la
has sacado?

–Yo... –empezó Roxy, respirando hondo–. Me
la ha regalado Titus.

–¿Titus?

–Quiero decir, el duque.

Amy arqueó las cejas.

–¿El duque te ha regalado una botella de vino?

Roxy asintió.

–Sí. Porque... porque he conseguido salvar sus
copas de cristal georgiano justo cuando iban a caerse.

¿Sabes que esas copas cuestan más de seiscientas libras?

—No, no lo sabía —respondió Amy lentamente.

—Así que le he hecho un favor enorme. Le he ahorrado mucho dinero —continuó Roxy, sonriendo de oreja a oreja—. Tengo que subir al baño, se me va a salir el agua de la bañera.

Roxy corrió al piso de arriba justo a tiempo de cerrar el grifo antes de que se saliese el agua. Se dio un baño más rápido que relajante y después se vistió con una larga falda de terciopelo y un bonito jersey de cachemir que tenía desde hacía siglos, pero que utilizaba muy poco porque no quería estropearlo. Se cepilló el pelo, se puso brillo de labios y se perfumó, pero no bajó al piso de abajo hasta que no oyó que Amy se había marchado.

En la entrada, se miró en el espejo.

Estaba...

Tragó saliva.

No recordaba haberse sentido nunca tan radiante. Le brillaban los ojos y también los labios. Su melena rubia oscura era como una cortina de satén sobre sus hombros y la combinación de cachemir y terciopelo le daba un toque... caro. Era como si hubiese hecho un esfuerzo. Y lo había hecho.

Pero entonces se dio cuenta del empeño que le estaba poniendo al asunto y se preguntó si no iría a hacer el ridículo. Le iba a dejar claro que estaba deseando acostarse con él y ese era el mensaje equivocado, sobre todo, para un hombre como aquel. No obstante, no parecía haber otra alternativa, lo deseaba demasiado.

Las manecillas del reloj se movían tan despacio que Roxy empezó a preguntarse si no se estaría quedando sin pilas. Resistió el impulso de ir a mirar por la ventana, pero a las siete y diez, estaba que se subía por las paredes de frustración.

Titus no iba a ir.

Y aquello era lo peor que podía ocurrir.

Había decidido que aquello era un gran error y que era mejor olvidarlo.

Roxy se preguntó cómo iba a poder mirarlo a la cara la siguiente vez que se encontrasen.

Acababa de descorchar la botella de vino, decidiendo que se iba a beber por lo menos la mitad como compensación, cuando llamaron con fuerza a la puerta.

Y de repente se le olvidó todo lo que debía o no debía decir, abrió la puerta y se lanzó a sus brazos.

Él la besó apasionadamente y la abrazó con fuerza. Roxy gimió y Titus se apartó de ella un momento para cerrar la puerta. Y cuando volvió, enterró los dedos en su pelo y la miró un momento a la cara antes de comentar.

—Supongo que se ha marchado.

Roxy asintió.

Él la empujó contra la pared y apretó su cuerpo contra el de ella. Roxy sintió sus labios y su erección y tuvo que respirar hondo. Estaba nerviosa.

—¿Sabes lo despacio que han pasado estas dos

últimas horas para mí? —le preguntó Titus con la respiración entrecortada mientras le sacaba el jersey de la cinturilla de la falda.

—Creo que me hago a la idea —respondió ella.

Titus le acarició la piel y le susurró su apreciación al oído y Roxy sintió al instante que todo su cuerpo se derretía. De repente, le dio miedo que todo pasase demasiado deprisa. Que Titus saciase su deseo y después se marchase, y que a ella no le diese tiempo a saborear a aquel magnífico hombre. Tal vez el duque leyó sus pensamientos, o tal vez ella quiso pensar que lo había hecho, porque levantó la cabeza y la miró a los ojos como si tuviese dudas.

—¿Vas a llevarme a tu habitación? —le preguntó entre dientes, acariciándole el ombligo con un dedo—. ¿O quieres que te lo haga aquí mismo, contra la pared?

—No —respondió ella—. Ven... conmigo.

Se giró y fue hacia la escalera, consciente de que Titus la seguía, con el corazón acelerado. Entró en la habitación y lo vio mirar a su alrededor, sorprendido. No debía de parecerse en nada a la suya propia.

Fuera de allí, sus vidas eran tan diferentes, pensó Roxy, pero en aquella pequeña habitación anónima, aquellas diferencias no importaban. Tal vez él fuese un duque y ella una cantante en horas bajas, pero en aquel momento eran iguales.

—¿Aquí mejor? —le preguntó, volviendo a sus brazos.

–Mucho mejor. Y lo que está por llegar –le dijo él antes de darle un beso ligero, tierno–. ¿No crees?

–Sí –murmuró ella.

Titus empezó a besarla otra vez y, de repente, Roxy entendió por qué algunas mujeres casi se desmayaban cuando las besaba un hombre. Así era como se sentía ella en esos momentos. Como si fuese a caerse al suelo si Titus no la sujetaba. Y era una sensación peligrosa.

Pero el peligro era fácil de ignorar. En especial, cuando Titus la estaba desnudando de una manera que hacía que todo su cuerpo estuviese alerta. La falda de terciopelo cayó al suelo, seguida del jersey de cachemir. Con cuidado y destreza, Titus le quitó después el sujetador y le bajó las braguitas, y la dejó completamente desnuda bajo el especulativo brillo de sus ojos.

–Eres muy, muy bella, pero creo que será mejor que te metas en la cama –le ordenó con voz temblorosa–. Estás temblando.

Pero Roxy no dejó de temblar al meterse debajo del edredón. En todo caso, tembló todavía más al verlo quitarse el jersey y bajarse la cremallera de los pantalones vaqueros. Su manera lenta y cómplice de sonreír al dejar desnuda su erección hizo que ella se ruborizase.

–Oh, Roxanne –murmuró Titus, metiéndose en la cama con ella y tomándola entre sus brazos–. No puedo creer que te estés sonrojando.

Ella tampoco se lo podía creer, pero Titus tenía

algo que la hacía sentirse como si tuviese dieciséis años. Como si fuese su primera vez. Pero no podía decírselo porque no quería que su ya enorme ego creciese todavía más.

–Cállate y bésame –le dijo.

Y él rio con suavidad antes de volver a inclinar la cabeza hacia ella.

Capítulo 7

LA DELICADA caricia de unos dedos en sus costillas hizo que Titus saliese de aquel cómodo estado entre el sueño y la vigilia en el que se encontraba. Abrió los ojos y vio una luz intermitente que hacía bailar las sombras por la habitación. La vela casi se había consumido.

–¿Titus? ¿Estás despierto?

La voz era suave. Melódica. Un dulce bálsamo para sus sentidos. Él bostezó antes de darse la vuelta y encontrarse con los ojos azules de Roxanne, que lo estaban mirando fijamente. Y pensó en lo espectacular que estaba con aquella media luz. Parecía una diosa lasciva, con el pelo extendido sobre los hombros y la piel tan blanca que parecía de mármol, solo rota por los pezones rosados, que se erguían hacia él en una silenciosa invitación.

Si no se hubiese pasado dos de las tres últimas horas haciéndole el amor, tal vez se hubiese sentido tentado a inclinarse y lamerle uno. O a besárselo. Tenía la sensación de haber pasado una exorbitante cantidad de tiempo besándola durante los

eróticos intervalos que había pasado en su casa.
Era como si fuese por la finca en un constante estado de excitación. Como un adolescente que acabase de descubrir el sexo. Cada vez que la veía,
quería llevársela a la alcoba más cercana y hacerle
el amor. Cosa que no podía hacer cuando Roxy estaba trabajando bajo la atenta mirada de Vanessa.
Pero, en ocasiones lo conseguía, como el día anterior, que la había encontrado sola en el cuarto de
las botas, la había mirado a los brillantes ojos azules y había cerrado la puerta.

—¿Titus? ¿Estás despierto? —repitió Roxy.

Él volvió a bostezar.

—Ahora, sí.

Ella se apoyó en un codo para mirarlo. No había
mucho espacio para moverse, porque la cama era
estrecha, sobre todo, con un hombre del tamaño de
Titus en ella.

Le acarició el fuerte torso, trazó círculos en su
vientre plano y notó cómo él respondía moviendo
las caderas. Hacía tres semanas que eran amantes
y Roxy nunca había estado con un hombre igual.
De hecho, tenía la sensación de que Titus era el
único amante que había tenido en toda su vida. Era
como si hubiese llegado a su cama siendo inocente
y hubiese descubierto el sexo con él y solo con él.

Roxy no sabía cómo lo hacía para que aquello
siguiese siendo un misterio, tal vez fuese porque él
era un misterio. Conocía muy bien su cuerpo. Sabía cómo hacer que se derritiese de placer, pero co-

nocer al hombre que era en realidad era más difícil. Por mucha intimidad que tuviesen en la cama, Titus siempre conseguía guardarse algo para él. Siempre cambiaba de tema con aire aristocrático cuando algún tema de conversación empezaba a ponerse interesante.

Roxy suponía que aquella renuencia a hablar de su vida se debía a su educación. Porque todo el mundo sabía que las clases altas no tenían sentimientos. Pero, durante los últimos días, su actitud había empezado a frustrarla. No era tan tonta como para pensar que su relación pudiese convertirse en algo permanente, pero sabía tan pocas cosas de él que, en ocasiones, tenía la sensación de estar en la cama con un fantasma.

Tomó aire.

—Cuéntame cómo fue crecer en Escocia.

Titus frunció el ceño. Tal vez se hubiese sentido tentado a esquivar la pregunta si no se hubiese distraído con el movimiento de la mano de Roxy.

—No crecí en Escocia.

—Pero dijiste que tu madre se fue a vivir a Escocia cuando tus padres se divorciaron. Cuando eras pequeño.

Él tragó saliva al notar los dedos de Roxy en su erección.

—Sí, pero yo me quedé aquí.

—¿Te quedaste aquí? ¿Con tu padre y tu madrastra?

—Sí –gimió él.

–Pero si me dijiste que odiabas a tu madrastra.

Titus la miró mal y se giró para darle la espalda. No quería responder a un interrogatorio mientras lo acariciaba porque se sentía manipulado.

–Sé que no tenemos el mismo parecer en la mayoría de los temas, pero no recuerdo haber utilizado la palabra odio en ningún momento, Roxanne.

–Pero debió de ser una situación horrible –continuó ella, a pesar de que Titus le estaba advirtiendo con la mirada que parase ya–. Debiste de echar mucho de menos a tu madre. Lo mismo que ella a ti.

Titus frunció el ceño.

–Por supuesto –respondió–, pero la veía en vacaciones. Y, de todos modos, se volvió a casar cuando yo tenía diez años.

Roxy tuvo la sensación de que detrás de aquello había otra gran historia.

–¿Y te llevas bien con tu padrastro?

–Eso da igual, porque mi madre se divorció de él también –contestó Titus en tono irónico–. En mi familia ha habido pocos matrimonios duraderos. Por eso yo veo el tema con tan poco entusiasmo como una visita al dentista. Para mí, el matrimonio es un deber que algún día tendré que cumplir para que haya una adecuada sucesión al ducado.

Roxy se dio cuenta de que había un toque mordaz en aquel comentario tan frívolo con el que, evidentemente, Titus quería dejarle claro lo que pensaba de aquel asunto. Sin ninguna sutileza, le estaba advirtiendo que no pensase en matrimonio. Lo cierto era que ella tampoco se imaginaba como la siguiente duquesa, ¡no era tan tonta! Solo quería conocerlo un poco mejor, ¿por qué no? Si se acostaba con él, al menos tenía que tener algunos derechos.

—Entonces, ¿por qué no te fuiste a Escocia con ella? —persistió—. La mujer suele conseguir la custodia del hijo, en especial, si ha sido la engañada.

Titus suspiró. Roxy no se daba cuenta de que, en su mundo, las reglas eran diferentes y la tradición estaba por encima de los vínculos familiares.

—Porque tenía que estar aquí. En Valeo. Iba a heredar la finca algún día y tenía que aprender a llevarla. Y solo podía hacerlo viviendo en ella. Así que se consideró que no vivir con mi madre era un sacrificio necesario que tenía que hacer.

Ella enredó los dedos en su grueso pelo antes de comentar:

—Oh, Titus, eso es terrible.

—No, Roxy, no es terrible. Las cosas son así. Para mí, mi herencia es lo más importante. Es mi deber.

Se dio cuenta de que ella lo estaba mirando con ternura y deseó gritarle que no lo mirase así. No quería emocionarse. No quería pararse a pensar cosas que estaban mejor como estaban.

—¿Qué pasa? ¿Tú sí tuviste una niñez de ensueño?

Roxy se dio cuenta de que había caído en su propia trampa. Normalmente era ella la que se cerraba cuando alguien le preguntaba por su niñez, pero ya no podía hacerlo en ese caso. Se encogió de hombros.

—No, supongo que tener una madre que cometía repetidos intentos de suicidio no puede considerarse tener una niñez de ensueño.

—Dios mío, Roxy, lo siento.

—¿Por qué ibas a sentirlo? Tú no tienes la culpa.

Titus se dio cuenta por la expresión de su rostro que Roxy no quería hablar más del tema y, en otras circunstancias, habría sido el primero en alegrarse de poder cambiar de tema, pero, inexplicablemente, quiso saber más. Porque había descubierto que Roxy era una mujer que se guardaba muchas cosas, lo mismo que él. Y estaba empezando a darse cuenta de que las cosas difíciles de conseguir le resultaban curiosamente tentadoras.

Ella lo miró y deseó haber mantenido la boca cerrada. Ya era lo suficientemente inadecuada para compartir su cama tal y como era, sin tener que admitir que tenía una madre psicológicamente inestable, pero siempre lo había sabido, ¿no? Siempre había sabido que no era el tipo de mujer con el que solía relacionarse el duque, él mismo se lo había sugerido en alguna ocasión. Así que daba igual cuál de sus secretos le contase. No tendría ningún efecto en su futuro porque no tenían ningún futuro.

—¿Qué ocurrió?

Roxy se permitió recordar el mosaico de incidentes dramáticos que había sido su niñez.

–El comportamiento más bien liberal de mi padre solía ser lo que provocaba los intentos fallidos de mi madre. Esta se enteraba de su última infidelidad y montaba un escándalo. Gritaba, lanzaba platos y al final todo terminaba con una llamada a los servicios de urgencias. Era como vivir en el escenario de una telenovela. Los médicos decían siempre que mi madre estaba pidiendo ayuda y lo cierto es que nunca tomó suficientes pastillas como para matarse. Yo solía acompañarla al hospital. No quería que mi padre lo hiciera después de haberle hecho daño otra vez. Y, sobre todo, porque mi madre odiaba que la viese vomitando –le contó–. Yo aprendí bastante bien a dar su parte médico.

Titus se estremeció con tanta franqueza.

–¿Y al final consiguió suicidarse?

Roxy frunció el ceño.

–No recuerdo haberte dicho que estuviera muerta.

–No ha hecho falta –respondió él, encogiéndose de hombros–. Hablas de ella en pasado.

A ella le sorprendió su perspicacia.

–La verdad es que murió de un modo que nadie habría imaginado –le contó muy despacio–. Estaban pasando por una de esas fases en las que se besaban y hacían las paces, así que mi madre había ido a comprarse un vestido nuevo. Estaba como se ponen las mujeres cuando piensan que un hombre las ama. Y... no tenía la atención puesta en el tráfico y se metió directamente debajo de un taxi. Fin.

–Oh, Dios mío. Roxy.

–De eso hace mucho tiempo –le dijo ella–. Ya no me duele.

Eso era cierto. Ya no sentía dolor. Se había obligado a no sentirlo para poder sobrevivir, aunque todavía tuviese la cicatriz. Había sido durante esos intentos de aliviar el dolor cuando se había dado cuenta de que era más fácil hacerlo si no permitía que nadie se acercase demasiado a ella. Si no se te acercaban, no te hacían daño. En especial, los hombres. Hasta entonces nunca había sido un problema. Nunca había querido que nadie se le acercase. Pero en esos momentos, lo deseaba. Y Titus Alexander era el peor hombre que habría podido elegir.

–¿Así que te quedaste sola con tu padre? –le preguntó este–. ¿Fue él quien te crio?

–No, en realidad, me quedé con mi padre y con su amante del momento. Se aburría de ellas y las dejaba. A ninguna le gustaba tenerme cerca porque les entorpecía la vida, aunque siempre fingían adorarme cuando mi padre estaba delante.

Había visto con sus propios ojos lo mal que un hombre podía tratar a una mujer y cómo las mujeres lo permitían aferrándose a una tonta idea de lo que era el amor.

Titus se dio cuenta de que su voz se había vuelto cínica y, en parte, le gustó.

–¿Así que tú tampoco crees en el amor? –le preguntó con frialdad.

Roxy se encogió de hombros porque se dio cuenta

de que, además de una pregunta, era una advertencia.

–Por supuesto que no –respondió.

–Bien –le dijo él, con los ojos brillantes mientras le tomaba la mano para llevarla a su erección–. Ahora, ¿podemos dejar de hablar y hacer otra cosa?

Y ella se sintió tentada, muy tentada a hacerlo, pero todavía se sentía algo vulnerable y, sobre todo, se estaba haciendo tarde. Apartó la mano.

–No tenemos tiempo. Amy no tardará en volver.

–Maldita Amy.

–Eso no está bien, Titus. Ella ya vivía aquí antes de que yo llegase.

Dudó un instante, pero después se atrevió a añadir:

–Aunque siempre podría ir yo a pasar la noche a tu casa.

Hubo una pausa.

–Sabes que no podemos, Roxy.

–Bueno, podríamos –argumentó ella–. Tú eres el duque y puedes hacer lo que te plazca. Tú mismo me lo dijiste, pero es evidente que no quieres hacerlo.

Él se preguntó qué quería mientras la miraba a los ojos. Era cierto que a veces se despertaba en mitad de la noche, en su enorme cama con dosel, y deseaba tenerla allí. En ocasiones había pensado en lo maravillosas que serían las mañanas si pudiese hundirse en el calor de sus muslos y acariciarle el pelo nada más despertar. Pero el protocolo lo hacía imposible. Además, Roxanne podía malinterpretarlo si la invitaba a su cama.

–Claro, y ya solo faltaría que anunciásemos públicamente que estamos durmiendo juntos –comentó.

–En realidad, dormir juntos es lo único que no estamos haciendo.

–Ya sabes lo que quiero decir, Roxanne.

–Sí, lo sé perfectamente –replicó ella, y antes de poder evitarlo, se le escapó–: Te avergüenzas de mí.

–Eres demasiado inteligente para decir algo así –respondió él–. No me avergüenzo de ti, solo pienso en tu bienestar.

–Tú siempre tan atento.

Él le levantó la barbilla con la punta del dedo.

–¿No crees que te sentirías incómoda si la gente supiese que estamos juntos?

–¿Quieres decir que no lo saben?

–¿Por qué iban a saberlo? –le preguntó Titus, tumbándose boca arriba y mirándola con el ceño fruncido–. ¿Has ido presumiendo por ahí de nuestros encuentros?

–Titus Alexander, eres un hombre muy arrogante –respondió ella enfadada–. No le he contado nada a nadie, pero a veces me pregunto si Vanessa no se imagina lo que está pasando. En ocasiones, me mira con curiosidad.

–Vanessa sabe mucho de lo que ocurre en esta

casa –admitió él sonriendo–, pero una cosa es sospechar y, otra muy distinta, que te lo cuenten. Si nuestra relación saliese a la luz ella se sentiría desautorizada y tú estarías en una situación complicada. Tu vida es más sencilla tal y como estamos. Ahora, ven aquí y bésame.

Roxy pensó que la vida sería más sencilla para él y negó con la cabeza más por orgullo que porque no le apeteciese besarlo.

–No quiero.

–¿No?

Titus alargó la mano y tocó uno de sus pechos.

–¿Está usted segura, señorita Carmichael?

A Roxy se le secó la boca de deseo.

–Eres un hombre muy atrevido, Titus.

–Pensé que eso había quedado claro hacía mucho tiempo.

–Tendremos que darnos prisa –susurró ella.

–Puedo ser muy rápido.

Roxy supo que debía resistirse, pero Titus tenía algo irresistible. En especial, cuando la apretaba así contra las almohadas y se movía encima de su cuerpo. Ella trató de escapar cuando la penetró, hasta que Titus despertó en su interior la primera oleada de placer. «Oh, Titus», pensó sin poder contenerse, arqueando la espalda. «¿Qué me has hecho?». Se había prometido a sí misma no involucrarse demasiado y mantener aquella aventura en su sitio, pero ya había empezado a romper esas promesas como si no significasen nada.

Había empezado a darle miedo al pensar en su futuro, en cuando todo aquello terminase. La fiesta de cumpleaños de Titus sería el sábado siguiente y ella dejaría de trabajar allí. Titus nunca le había dado esperanzas haciéndole promesas que después no podría mantener. Así que lo mejor sería que fuese ella la que abordase el tema de marcharse, para hacerlo al menos con su orgullo intacto.

Lo observó mientras se vestía y deseó que el resto del mundo no existiese, que pudiesen quedarse allí encerrados, pero no se podía mantener a un hombre encerrándolo y tirando la llave.

–¿Te ha gustado? –murmuró él.

Ella fingió que lo pensaba.

–No, ha sido horrible –respondió–, pero estoy dispuesta a darte otra oportunidad para que lo arregles.

Titus sonrió mientras terminaba de abrocharse la camisa. Era la mujer menos instruida que había conocido y también la más lista. Pensó en todas las mujeres «adecuadas» que habían buscado su aprobación a lo largo de los años. Y pensó en su inminente fiesta de cumpleaños y en todas las mujeres atractivas que intentarían cazarlo.

Sonrió a Roxy.

–Haré todo lo posible por mejorar mi técnica –le dijo.

–Bien –respondió ella, sentándose en la cama, decidida a cambiar de humor–. ¿Estás muy emocionado con tu fiesta de cumpleaños?

–¿Quién puede estar emocionado con cumplir treinta y cinco años?

–No son tantos, Titus.

–Tal vez no.

Aunque Titus sabía que lo eran para el ducado. Tenía que encontrar lo antes posible a una mujer y tener un heredero. Si no se daba prisa en tener un hijo, la finca podría pasar a algún primo lejano que viviese en alguna parte remota de Escandinavia.

Su deber era empezar a buscar seriamente una mujer adecuada para darle un heredero y dejar de perder el tiempo con Roxanne Carmichael. La vio apoyarse en la almohada con las manos debajo de la cabeza y pensó que aquella mujer solo era adecuada para proporcionarle un placer transitorio.

Se subió la cremallera de los pantalones vaqueros.

–Ojalá pudiese invitarte a la fiesta.

Roxy negó con la cabeza.

–No. Sabes que no. Sería una molestia para ti. Vas a tener que bailar con todas esas ilustres damas llenas de diamantes.

Y ella no habría soportado verlo. No habría sido capaz de sonreír y fingir que no le importaba, porque por supuesto que le importaba, porque había estado haciéndole el amor a ella y no a una aristócrata llena de joyas.

Ese era el problema del sexo, decidió. En especial, de un sexo tan bueno como aquel. Que hacía que te sintieses cerca de un hombre a pesar de saber que no era buena idea. Hacía que empezases a tener emociones que no querías sentir. No podía evitar tener una cierta actitud posesiva y algo de resentimiento también. Era consciente de que Titus le estaba escondiendo un secreto y, últimamente, había empezado a importarle.

Pero no tenía sentido decírselo. De todos modos, lo suyo se terminaría de manera natural muy pronto.

—Mi contrato se termina después de la fiesta —le dijo lentamente—. Y yo voy a volver a Londres.

Titus asintió mientras tomaba su jersey, incapaz de ignorar una pequeña nota de ilusión en su voz. ¿Qué tenía de malo darle lo que Roxy tanto quería? Algo que le demostrase que aquello no había sido solo sexo.

—Tal vez podríamos salir a dar un paseo en coche o algo así —le dijo, mirándose el reloj—. ¿Te apetecería?

Era lo más parecido que había hecho a pedirle que saliese con él y Roxy asintió a pesar de saber que tal vez se lo estuviese pidiendo porque pensaba que era su deber. Cerró los puños, pero no quiso que Titus la recordase como una mujer celosa o incapaz de aceptar su situación. Quería que la recordase como una mujer fuerte. Quería que, cuando pensase en ella en el futuro, lamentase que ya no estuviese en su vida.

—¡Por supuesto! —respondió en tono alegre—. Eso sería estupendo.

Pero después de que la puerta de la casa se cerrase tras de él y de que ella apagase la vela para que Amy pensase que estaba dormida, Roxy se quedó despierta en la oscuridad. Dándose cuenta de que había hablado de marcharse y Titus lo había aceptado como si le hubiese hablado de que el sol salía todas las mañanas.

Y que su duro y guapo rostro no había reflejado ni el más mínimo pesar.

Capítulo 8

CUATRO días después, tras haber decidido cuándo se tomaría Roxy la tarde libre durante un breve y erótico encuentro en una de las alcobas de la biblioteca, Titus la llevó a dar un paseo en coche.

—Norfolk es muy frío en invierno —le había dicho él en tono riguroso—. Así que ve abrigada y cómoda.

Y Roxy había asentido, contenta de que, por una vez, prefiriese tenerla vestida. Tal vez también porque aquel consejo quería decir que, en cierto modo, le importaba, que no solo la deseaba. O tal vez fuese porque estaba emocionada porque iban a salir juntos una tarde, que era lo típico que hacían los amantes «normales».

La nieve casi se había fundido y estaba gris. Roxy se vistió con unos vaqueros y dos jerséis y tomó prestadas unas botas de agua del cuarto de las botas. Intentó no hacerse ilusiones con el paseo, pero su corazón seguía latiendo apresuradamente cuando Titus llegó al final del camino, donde habían quedado.

—Me siento como si fuese una espía —le dijo ella casi sin aliento, subiéndose al coche—. Como si estuviese participando en una operación secreta de la que Vanessa no puede enterarse.

Titus condujo hacia la carretera principal.

–¿Te importaría que se enterase?

–¡Por supuesto que sí! No quiero que piense que soy de las que se acuesta con el jefe, ni que he hecho todo lo posible por seducirte. Tú y yo sabemos que fuiste tú quien me conquistó.

–Pues no recuerdo haber tenido que esforzarme mucho, Roxanne.

–¡Porque no me diste la oportunidad de rechazarte! De todos modos, ¿a ti no te preocupa tu reputación? –le preguntó, mirándolo, y después no pudo evitar añadir–: A no ser que esto te ocurra con frecuencia.

–¿El qué? ¿Esto? –repitió él.

–Acostarte con tus empleadas.

Él sonrió.

–¿Ejercer mi derecho de pernada, quieres decir?

–¿Qué significa eso?

–El derecho de pernada era el derecho que tenían los señores durante la Edad Media de llevarse la virginidad de quien quisieran. Aunque no hay pruebas de que dicho derecho existiese.

Hizo una pausa.

–Y tú no eras virgen.

Aquel comentario quedó flotando en el ambiente, como una bomba sin detonar, y Roxy pensó que sería un alivio poder hacerla explotar por fin.

–Ni tú tampoco, Titus –le respondió en voz baja–.

Aunque, deja que lo adivine, eres una de esas personas hipócritas que piensa que un hombre debe tener muchas amantes, pero que si una mujer hace lo mismo, es una chabacana.

–Yo, en vez de decir que es hipócrita diría que es un imperativo biológico –dijo él–. La Naturaleza ha hecho a los hombres para que diseminen su semilla lo máximo posible para asegurar la supervivencia de las especies.

–Por favor, no me salgas con esa excusa tan vieja –protestó Roxy–. Si todavía operásemos bajo esas leyes yo estaría sentada en una caverna, vestida con un trozo de piel de animal y tú estarías cazando para poder desayunar. Aunque, ahora que lo pienso, tú cazas, ¿no, Titus? Tal vez las cosas no hayan cambiado tanto.

Él estaba sonriendo a pesar de que el injurioso comentario que acababa de hacer Roxy lo reafirmase todavía más en su inadecuación para la vida rural. Pero, a pesar de saber eso, una parte de él no podía evitar admirar que aquella mujer fuese capaz de desafiarlo, cuando la mayoría prefería mentir o restar importancia a su experiencia sexual. ¿Acaso no era aquella una de las cosas que más le gustaban de Roxy, su sinceridad y franqueza?

–Pues yo creo que estarías muy guapa vestida con un trozo de piel de animal –murmuró, deteniendo el coche–. Ahora, si dejas de hablar un momento y miras hacia allá, podrás ver el mar.

Roxy siguió la dirección de su mirada y se giró

para ver una costa que no había visto nunca antes. Y aquella primera imagen de arena clara y mar estuvo a punto de cortarle la respiración. La llanura del paisaje hacía que el horizonte pareciese infinito y el cielo emanaba una luz espectacular. De repente, entendió por qué pintores y escritores siempre se habían sentido atraídos por aquella parte del mundo.

—Oh, Titus, ¡es increíble! —susurró, saliendo del coche.

Titus salió también, cerró el coche y echaron a andar juntos, aunque él frunció el ceño al darse cuenta de que Roxy no llevaba guantes e intentó calentarle los dedos helados con sus manos antes de insistir en que se pusiese los suyos, unos guantes de piel bastante gastados. Luego, se metió las manos en los bolsillos y siguieron andando, pero el viento era tan fuerte y golpeaba a Roxy de tal manera, que esta tuvo que agarrarlo del brazo. Titus le apretó el codo de manera cariñosa y a ella le dio un vuelco el corazón. Era extraño, que un paseo por la playa en un día frío y ventoso pudiese resultarse tan íntimo como estar desnudos en una cama.

Caminaron hasta que el sol empezó a ponerse en el cielo gris perlado y entonces volvieron al coche.

—¿Te gustaría tomar un té en Burnham Market? —le preguntó Titus—. Tiene fama de ser el pueblo más bonito de toda Inglaterra. No es la mejor época para tomar el té, pero hablaré con alguien, a ver si nos lo pueden servir.

—Me... encantaría —respondió Roxy.

De repente, se sentía extrañamente tímida. Tenía que admitir que había pensado que Titus la había llevado a una playa desierta porque no quería que nadie lo viese con ella.

El pueblo era tranquilo y a Titus no le costó ningún trabajo encontrar una mesa delante de una chimenea en un bonito pub antiguo y pronto les estaban sirviendo una humeante tetera, panecillos, mermelada y un pastel de aspecto delicioso.

Titus sirvió el té y Roxy apoyó la espalda en su silla y pensó que nunca se había sentido tan bien. La sensación era maravillosa. El resplandor del fuego se reflejaba en su rostro sonrojado y hacía que le picase la piel debido a los efectos del aire frío y del ejercicio. Se sentía tan bien, con él y consigo misma. Vio cómo le brillaban a Titus los ojos cuando sus miradas se cruzaron para comunicarse en silencio y él le sonrió de tal manera que Roxy pensó que se iba a derretir. Imprudentemente, bloqueó todas las alarmas que estaban empezando a saltar en su mente y, en vez de escucharlas, devoró con los ojos al hombre que tenía delante.

Después, Titus la llevó a una pequeña tienda de ropa femenina y le pidió a la dueña que les enseñase guantes.

–Por supuesto, Su Excelencia –murmuró esta, con cara de estar preguntándose quién sería la acompañante del duque.

Roxy salió de la tienda con las manos cubiertas por unos guantes de cachemir malva, el color no era demasiado práctico, pero le había encantado nada más verlo. Flexionó los dedos y miró a Titus.

–Ha sido un detalle muy bonito. Gracias.

–Son solo unos guantes, Roxanne –le respondió él.

Pero para Roxy eran mucho más que unos guantes. Eran un regalo del hombre del que se había enamorado, un recuerdo palpable de aquella tarde perfecta, en la que le había parecido tener al alcance de la mano un sueño imposible. Paseando por la playa con él, Roxy se había permitido imaginar que aquello podría durar siempre.

–Unos guantes muy bonitos –dijo ella en tono alegre–. Y dándote las gracias solo pretendo ser educada.

Titus sonrió.

–Entonces, perdona que yo haya sido tan rudo.

Había oscurecido cuando la dejó cerca de casa y ella se giró a mirarlo y le preguntó, intentando no hacerlo con demasiado entusiasmo:

–¿No vas a entrar? Amy ha salido esta noche.

Titus sintió el impulso de correr con ella dentro de la casa y devorarla, pero luego dudó. La tarde lo había dejado... revuelto. Todo había salido demasiado bien. Le gustaba pensar en Roxy como en su amante de pezones rosados y amplia imaginación, y no como en una mujer a la que calentarle las manos y con la que tomarse un té.

–Creo que voy a tener que irme a Londres –le respondió.

–¿A Londres? –preguntó ella con expresión impasible.

Quería preguntarle por qué tenía que ir a Londres y a quién iba a ir a ver, pero no tenía derecho a hacerlo. Ningún derecho. Esbozó una de esas sonrisas que se había acostumbrado a poner frente a los paparazzi y comentó:

–Qué bien.

–Sí. Tengo que hacer un par de cosas, pero volveré para la fiesta.

–Supongo que los invitados se alegrarán de ello –comentó Roxy.

Él sonrió y casi se arrepintió de la decisión que había tomado al verla salir del coche y apartarse un mechón de pelo de los ojos, pero se dijo a sí mismo que tenía que hacerlo. Era necesario poner distancia nada más ver peligro. Uno empezaba a sentarse delante de la chimenea con una mujer y, cuando se daba cuenta, esta le estaba organizando la agenda.

–Hasta el sábado –le dijo.

–Sí, hasta el sábado –contestó ella.

Roxy vio desaparecer las luces del coche y entró en casa, donde se sentó en el sofá y se quedó mirando sus guantes nuevos con una terrible certeza. Había intentado luchar contra ello, pero no podía seguir haciéndolo. Lo amaba. Tan sencillo y tan complicado como eso.

Y era imposible. Una emoción imposible y equivocada hacia alguien que jamás la correspondería. Porque era probable que aquel fuese el pri-

mer y último día que volviese a verlo en público.
Titus tenía una imagen que mantener y un título
que proteger y ella era solo un encuentro temporal
en su privilegiada vida.

Esa noche durmió mal y por la mañana recibió
la inesperada noticia de que Vanessa quería verla.
Sintió miedo antes de entrar en su despacho. ¿Le
habría contado alguien que la habían visto con el
duque? ¿Iría a decirle la aterradora ama de llaves
que se había comportado de manera inadecuada
y que iba a prescindir de sus servicios?

Vanessa estaba sentada detrás de un escritorio
minuciosamente ordenado en el que no había nada
fuera de su sitio. Cuando ella entró, levantó la vista
y le dedicó una de esas enigmáticas sonrisas que
tan bien se le daban.

—Ah, Roxanne. Bien. Quería hablar contigo acerca
de la fiesta del sábado.

Roxy asintió y pensó que debía decir lo que se
esperaba que dijese.

—Espero que todo vaya según los planes.

—Sí, pero voy a necesitar algo de ayuda con el
cóctel que tendrá lugar antes del banquete. Supongo que no tienes ningún problema en hacer de
camarera, ¿no?

Roxy se limpió una imaginaria mota de polvo
de su uniforme y le pareció ver diversión en la mirada de Vanessa. Debía de estar disfrutando con
aquello. A lo mejor sospechaba que había algo en-

tre Titus y ella y le hacía aquello para recordarle cuál era su sitio.

—Nunca he trabajado de camarera —le respondió con toda sinceridad.

Vanessa sonrió con determinación.

—Por eso no te preocupes. Hemos contratado a profesionales para servir la comida. Tú solo tienes que circular con una bandeja con copas de champán antes de que empiece el banquete. Estoy segura de que no te resultará pesado servir a los invitados de Su Excelencia, ¿no, Roxanne?

Roxy consiguió mantenerse imperturbable. En circunstancias normales, tal vez no le habría importado. Al fin y al cabo, se dedicaba a limpiar casas y eso ya había sido una experiencia bastante humillante, sobre todo, después de haber sido famosa, pero aquello era diferente. Hacía casi un mes que era la amante del duque y había tolerado mantenerlo en secreto, pero la idea de servir a los invitados de Titus y de que estos la mirasen como si no fuese nadie le provocaba náuseas.

«Pero eres una don nadie», se recordó a sí misma, por mucho que le doliese. «Eso es exactamente lo que eres. Eres la mujer que limpia el suelo de su salón y quita el polvo de los valiosos libros de su biblioteca. Tal vez lo hagas gemir en la cama y consigas que se le acelere el corazón con algún beso robado, pero no eres especial en su vida y nunca lo serás».

Había sabido aquello desde el principio, pero la

orden de Vanessa fue como si se lo tirasen a la cara. La fiesta de cumpleaños de Titus le enseñaría cómo era la vida del duque en realidad, y ella no formaba parte de esa vida. Sus elegantes amigos le harían carísimos regalos. Reirían y bromearían con él acerca de cosas del pasado y de un futuro compartido. Inevitablemente, bailaría con mujeres guapas. Y ella se vería obligada a presenciarlo todo mientras se paseaba por el salón con su uniforme de camarera y una sonrisa fija en los labios.

Deseó preguntarle a Vanessa si había consultado a Titus al respecto, pero no se atrevió. Tal vez el ama de llaves había esperado a que este estuviese de viaje para hacerle aquello. Aunque, siendo realista, Roxy no podía esperar que Titus interviniese en su favor. No iba a decirle al ama de llaves que llevaba muchos años trabajando para él que no quería que aquella limpiadora en concreto sirviese a sus invitados porque era especial.

—No, por supuesto que no —respondió Roxy—. Estaré encantada de hacerlo.

—Bien —dijo Vanessa—. Además, Amy te ayudará, no vas a estar sola.

La noticia de que Amy iba a estar con ella la animó un poco y, un rato después, esa misma mañana, estaba limpiando el polvo del busto de un dios griego en la Galería de las Estatuas cuando su compañera de casa entró sonriendo de oreja a oreja.

—La cruel jefa acaba de contarme que vamos a trabajar juntas de camareras el día de la fiesta.

Roxy terminó de limpiar la estatua.

–Eso parece.

–¿A qué se debe esa cara tan larga?

–No sabía que tuviese la cara larga.

–Pues sí –le dijo Amy, poniendo expresión pensativa–. Me pregunto si tendrá algo que ver con el hecho de que estés teniendo algo con nuestro ilustre jefe, el duque.

A Roxanne se le cayó el plumero de la mano al oír aquello y se le aceleró el corazón.

–¿Qué has dicho? –le preguntó a su compañera de casa.

–Bueno, es verdad, ¿no? Tienes algo con el impresionante Titus.

Roxy se ruborizó y se agachó a recoger el plumero, aprovechando la breve distracción para recuperar la compostura.

–¿Cómo lo sabes? –le preguntó cuando se hubo incorporado, incapaz de contarle a Amy una mentira.

–Oh, venga ya, Roxy –respondió esta, yendo a cerrar las puertas antes de volver a girarse hacia ella–. ¿Aparte de que, a veces, cuando vuelvo de trabajar del pub me lo encuentro alejándose de casa? ¿O de que no te quita los ojos de encima cuando está cerca? Te mira como un ciervo disecado.

–No es cierto –replicó Roxy, sin poder evitar sentirse esperanzada al oír aquello.

Aunque en el fondo sabía que solo la miraba porque se sentía atraído por ella. Nada más.

–Sí que lo es –le dijo Amy–. Te mira como si desease agarrarte y hacerte el amor en cualquier parte. ¡A mí se me doblan las rodillas solo de pensarlo!

–Oh, Amy.

–Oh, Amy, ¿qué? No hace falta que te pongas tan trágica. Y no te culpo por estar con él –le dijo Amy–. Quiero decir, que cualquier mujer con sangre en las venas aprovecharía la oportunidad de tener una aventura con él. Es impresionante. El único problema es que...

–Sí, ya lo sé, ya lo sé –la interrumpió Roxy enseguida–. Que él es un duque y yo, solo una plebeya.

–Bueno, sí.

Hubo una pausa y después Amy añadió con cautela:

–Pero eres demasiado sensata como para haberte enamorado de él, ¿no, Roxy?

–Yo no me enamoro –le aseguro ella rápidamente, repitiendo una respuesta que había utilizado en múltiples ocasiones con los periodistas.

Salvo que, por primera vez en su vida, se dio cuenta de que no era cierto. Se dio cuenta de que Amy la estaba observando y se preguntó si habría notado que no le estaba siendo del todo sincera.

–Pero me gusta –admitió.

–Eso puede ser peligroso, Roxy.

–Lo sé, pero no va a serlo por mucho tiempo más. Solo voy a trabajar aquí hasta la fiesta –le respondió ella–. Lo que significa que me marcharé pronto y que no... –dudó.

Quería decirlo en voz alta. No, era más que eso. Necesitaba decirlo en voz alta. Como si diciéndolo así fuese a empezar a creérselo.

—Que no voy a soñar con un futuro que no es realista. No soy tan ingenua. Sé mejor que nadie que las cosas nunca salen como uno quiere. Lo que sí me gustaría es regalarle algo por su cumpleaños, nada más. Algo que le gustase de verdad. Algo que le recordase a mí —dijo, encogiéndose de hombros—. Ya sé que es una tontería.

—No, no lo es —le aseguró Amy—. A mí me parece una idea estupenda.

—Tal vez en teoría, pero no creo que pueda regalarle nada que no pierda el color al lado de los caros regalos que le van a hacer otras personas. No puedo competir con ellos.

—A mí me parece que sí puedes —la contradijo Amy sonriendo—. Podrías darle algo que nadie más puede darle. Y no me refiero a tu bonito cuerpo.

Roxy frunció el ceño.

—¿Y a qué te refieres?

—Va a estar de viaje un par de días, ¿no? Eso te da la oportunidad de preparar ese regalo especial que quieres hacerle.

—¿Y qué es?

—Lo que deberían ser todos los buenos regalos —respondió Amy sonriendo de oreja a oreja—. Una sorpresa.

Capítulo 9

VALEO Hall nunca había tenido un aspecto tan magnífico.

Ajustándose los gemelos para que el escudo de los Torchester brillase sobre la blancura de la camisa de vestir, Titus miró a su alrededor en el gran salón. Al principio, había consentido que se celebrase la fiesta más por obligación que por deseo propio. Había acordado con los miembros del consejo de administración que sería una celebración semioficial de su ascenso al ducado, aunque en el fondo no le gustase la idea. Pero había llegado la noche de la fiesta y no podía negar que, al mirar a su alrededor, se sentía orgulloso y satisfecho.

Las enormes dimensiones de las habitaciones, que en ciertas ocasiones hacían parecer pequeñas las reuniones de menos personas, siempre se prestaban maravillosamente en fiestas como aquella. La decoración de la casa era tan opulenta que no era necesario adornarla más. No hacían falta globos ni banderines. Se estremeció solo de pensarlo. Bastaba con flores frescas y enormes velas que iluminaban los bonitos objetos de la casa. En la cocina estaban preparando una versión gigante de su tarta favorita, la *Sacher* y de la bodega se habían sacado los mejores vinos. Se había contratado a una orquesta e iba a haber fuegos artificiales poco después de la medianoche.

Solo faltaba una cosa...

Titus frunció el ceño. En Londres había pasado un día más de lo previsto y lo había hecho porque le había parecido que tenía sentido. Tenía muchas cosas que hacer y había querido romper el vínculo que había empezado a tener con Roxanne Carmichael. Porque no sabía cómo, pero Roxy se le había metido en la cabeza mucho más de lo que él había planeado y no lo podía permitir.

Había reflexionado acerca de su dilema con fría lógica, como si fuese uno de los ejercicios prácticos que había realizado durante las maniobras militares, mientras estudiaba. Se había dicho que cuando estuviese de vuelta en Londres no tendría ningún problema para dejar de pensar en ella. Al fin y al cabo, siempre había sido capaz de clasificar a sus amantes en el pasado, sobre todo, a las que tenían una presencia tan vaga en su vida cotidiana, pero por difícil que fuera aceptarlo, la verdad era que la había echado de menos. Había echado de menos su flexible cuerpo en la cama y las caricias de su pelo largo en el vientre. Había echado de menos los comentarios irreverentes que le salían en ocasiones a mitad de una conversación seria y que

Titus sospechaba que no habría tolerado a otra persona que no fuese ella.

Flexionó los dedos de las manos y vio cómo se le ponían blancos los nudillos mientras maldecía la inexplicable obsesión que tenía con ella. Tal vez todavía no se hubiese saciado de Roxy. Tal vez solo necesitase...

—¿Roxanne? —preguntó sorprendido al verla acercarse.

—Buenas noches, Su Excelencia.

—¿Qué demonios estás haciendo?

Roxy miró a su alrededor por si acaso Vanessa estaba por allí. Había estado muy nerviosa toda la tarde, aterrada con la idea de que el ama de llaves pudiese descubrir lo que pretendía hacer. Había estado pensando constantemente en el plan que había ideado con la ayuda de Amy y se preguntó si ya sería demasiado tarde para echarse atrás. En esos momentos, le parecía la mayor locura del mundo, sobre todo, con Titus tan elegante. Parecía un hombre que tenía el mundo a los pies, que no podía querer ni necesitar nada. ¿Resultaría la sorpresa un detalle chabacano del que Titus se sentiría avergonzado?

—¿A ti qué te parece? —replicó ella alegremente.

Titus frunció el ceño.

—¿Por qué vas vestida de camarera?

—Porque esta noche soy camarera. Y esta noche, Su Excelencia, le serviré a usted y a sus invitados infinitas copas del mejor champán. Vanessa me lo ha pedido y Amy va a ayudarme —le explicó.

Al ver que Titus fruncía el ceño, añadió:

–Y nos van a pagar horas extras por hacerlo.

El comentario acerca del dinero molestó a Titus, pero también sirvió para que recordase que al menos ella sí que estaba siendo pragmática. Él, por su parte, solo podía pensar en lo mucho que la deseaba. Era como una fantasía hecha realidad. El vestido negro se ceñía a sus curvas y las medias, también negras, le hacían las piernas muy largas, deliciosas. Titus luchó contra las ganas de llevársela detrás de la columna más cercana y besarla.

–¿Y por qué no se me ha consultado al respecto? –preguntó irritado.

–¿Se te suele consultar en otras fiestas?

Titus la fulminó con la mirada a pesar de saber que tenía razón. En circunstancias normales, jamás se le habría pasado por la cabeza hacer semejante pregunta y sabía que sería inapropiado sacarle el tema a Vanessa. No obstante, aquello significaba que iba a tener que estar toda la noche viendo a Roxanne vestida así de sexy, sirviendo a sus invitados. Y la idea lo incomodó mucho más de lo debido.

El dolor que tenía entre los muslos aumentó al mirar las suaves curvas de sus labios limpios, sin maquillaje, y supo que tenía que alejarse de ella si no quería ceder a la tentación.

–Nos veremos luego –le dijo.

Roxy se humedeció los labios con la lengua al darse cuenta de que Titus se los estaba mirando.

–Vas a estar demasiado ocupado con tus invitados –respondió.

–No. Pretendo estar muy ocupado contigo, así que asegúrate de mantener la cama caliente.

Y, dicho aquello, se alejó, dejando a Roxy lamentándose por haber accedido en silencio a aquella cita. ¿No era de mal gusto aceptar que Titus fuese a visitarla cuando se hubiese terminado la fiesta? ¿Que este se pasase la noche bailando con mujeres elegantes y después se retirase con la limpiadora a divertirse de manera mucho más básica? ¿Y no era, además, arriesgado con Amy en casa?

Pero sus recelos por su falta de asertividad pronto se disolvieron en la magnitud del acto que estaba a punto de llevar a cabo. Roxy se puso cada vez más nerviosa con la llegada de los invitados. Estaba tan preocupada que no se sintió intimidada por la belleza de las mujeres que iban apareciendo, todas cargadas de joyas familiares. Amy le sonrió de manera cómplice en varias ocasiones mientras repartían las copas de champán entre la multitud.

La única ocasión en la que sintió algo parecido a aprensión fue cuando sorprendió a Titus mirándola desde la otra punta del salón. La estaba mirando dc tal manera que parecía que solo estuviese ella en la habitación. Roxy se emocionó y el deseo hizo que se sintiese débil por un momento. Se preguntó si Titus iría a odiar lo que le tenía preparado. ¿Mancharía el recuerdo que tenía de ella? El corazón se le aceleró debajo del vestido, pero supo que ya era demasiado tarde para cancelar el plan.

Los más de trescientos invitados no tardaron en sentarse a la mesa y a Roxanne se la esperaba en la cocina para que ayudase a lavar los platos. Así que estuvo ayudando en ella y consiguió marcharse justo antes de que empezase el baile, para hablar con el líder del grupo y comprobar que sabía lo que tenía que hacer. Después, con el corazón a punto de salírsele del pecho, fue al cuarto de las botas, donde Amy la estaba esperando para ayudarla a prepararse.

Cuando terminó de cambiarse estaba todavía más nerviosa. No lo había estado tanto ni cuando las Lillipops habían actuado en el castillo de Windsor en una memorable Nochevieja. Andar con el vestido que había escogido resultó ser una pesadilla. Le quedaba tan ajustado que tuvo que ir arrastrando los pies por miedo a romperlo y la peluca estaba haciendo que sudase y le picase la cabeza. Con la estola de piel blanca en los hombros y Amy delante de ella, para comprobar que no había nadie, Roxy se deslizó detrás de la cortina que había en la parte trasera del escenario y avisó al grupo de música de que ya estaba allí.

Después de un par de minutos, la música dejó de sonar y el salón se llenó de murmullos. Roxy sintió una subida de adrenalina que conocía muy bien y esperó a que bajasen las luces y a que la voz del líder del grupo sonase y el salón quedase en silencio para oírlo hablar.

–Señoras y señores –comenzó–. Más o menos a mediados del siglo pasado, un Presidente de los Estados Unidos de América tuvo la suerte de que una joven y bella actriz le cantase el cumpleaños feliz. Esta noche tengo a alguien que quiere hacer lo mismo. Así que les presento, solo esta noche, a... ¡la señorita Marilyn Monroe!

Titus levantó la cabeza al ver la figura que había aparecido bajo los focos. El vestido le quedaba tan ajustado que daba la sensación de que lo llevaba cosido a la piel. Era una imagen tan icónica que la reconoció inmediatamente, aunque la actriz hubiese muerto mucho antes de que él hubiese nacido. Los invitados dieron un grito ahogado y ella recorrió el salón con la mirada hasta encontrarlo, pero Titus estaba tan hipnotizado con su aspecto que tardó un momento en reconocerla. Y entonces puso gesto de incredulidad.

¡Roxanne!

Esta dejó que la estola de piel se le escurriese de los hombros, dejando al descubierto una imagen que cortaba la respiración. El vestido marcaba en ella unas curvas en las que Titus nunca se había fijado. E iba cubierto de cientos de piedras preciosas de imitación que hacían que pareciese que iba desnuda y que solo llevaba purpurina por encima. La peluca rubia, como de algodón de azúcar, y los labios rojos y brillantes hacían que se pareciese mucho a la actriz. Y entonces tomó el micrófono y con voz entrecortada empezó a cantar sin dejar de mirarlo a los ojos.

–*Happy birthday to you. Happy birthday to you. Happy birthday...*

Bajó la voz todavía más y moviendo las pestañas de un modo muy seductor, terminó:

–*... duque de Torchester. Happy birthday to you.*

Titus se quedó completamente inmóvil mientras sus invitados rompían a aplaudir y pensó que se había terminado, pero no. Roxy había levantado la mano para pedir silencio y, de repente, Titus vio en ella a la mujer que había sido. A la mujer que había logrado captar la atención de miles de personas con su impresionante presencia en el escenario. Se dijo que debía de echar mucho de menos todo aquello. Había pasado de que la aclamasen las masas, de ser una estrella del pop, a limpiar casas ajenas. Y lo había hecho sin aparente resentimiento. No obstante, ¿estaba bien que hubiese utilizado su fiesta de cumpleaños para demostrar su talento?

La multitud se quedó en silencio al ver que empezaba a hablar imitando el acento estadounidense de la fallecida actriz.

–Muchas personas no saben que esa noche se cantó un fragmento de una segunda canción para el presidente y, dado que en cierto modo me parece adecuado, esta noche yo también voy a cantarla para el duque. Así que, Su Excelencia, va por usted –le dijo, sonriéndole–. Espero que le guste.

Titus siguió inmóvil mientras Roxy interpretaba

Thanks for the Memory y no pudo evitar que se le erizase el vello de la nuca al oír la canción. Observó cómo balanceaba el cuerpo mientras cantaba y cómo le brillaban los labios. Y entonces se dio cuenta de lo que estaba haciendo. Se estaba despidiendo de él a su manera. Y se le encogió el corazón y notó que se excitaba al tiempo que pensaba que era terrible que Roxy lanzase en público un mensaje tan íntimo, que tenía que haber sido solo para él.

Entonces terminó la canción. Las luces se apagaron y cuando se volvieron a encender el escenario estaba vacío y los invitados empezaron a aplaudir y a gritar, encantados con la actuación.

La gente empezó a acercarse a él y a mirarlo con curiosidad y Titus supo que tenía que encontrarla. ¿Para decirle el qué? Hizo caso omiso de las personas que intentaban detenerlo y se dirigió con paso firme hacia la puerta del salón. Se preguntó dónde podía estar Roxy. Debía de haberse cambiado en alguna parte de la casa principal, porque no podía haber ido con aquel vestido y aquellos tacones desde su casa.

Al salir del salón, Titus vio a una camarera que le era familiar y que lo estaba mirando con expresión de culpa.

–¿Amy? –preguntó de manera vacilante.

¿No era aquella la compañera de casa de Roxanne?

–Sí, Su Excelencia –respondió ella.

–¿Sabes dónde está Roxanne?

Amy guardó silencio y se mordió el labio.

–Si lo sabes, quiero que me lo digas ahora mismo –continuó él en tono autoritario.

–Por... por supuesto, Su Excelencia. Está... en el cuarto de las botas. Al lado de la cocina.

Titus asintió y abrió la puerta de color verde que daba a la zona de servicio y, al mismo tiempo, oyó que alguien corría detrás de él. Se giró y vio a un antiguo compañero de colegio, tenía el rostro colorado y sonrió al ver que lo esperaba.

–Dios mío, Titus, nunca había visto algo tan sexy. ¿Quién es esa mujer?

Titus abrió la boca para responder, la cabeza le daba vueltas y tenía el corazón acelerado. Se dio cuenta de que Amy lo estaba mirado y se sintió acorralado.

–No es nadie –respondió en tono seco.

Capítulo 10

ROXY lo oyó. Debía de haber abierto la pesada puerta que bloqueaba los ruidos de la zona de servicio del resto de la casa, con lo que las palabras de Titus llegaron... como una agresión verbal a sus oídos.

–No es nadie.

La dureza del comentario hizo que Roxy se tambalease momentáneamente y que solo pudiese pensar en lo injusta que era la vida. ¿Por qué Titus no se había molestado al menos en fingir? Le había costado mucho tiempo y esfuerzo prepararle la sorpresa de su cumpleaños, había pensado que podía darle algo que al menos le haría sonreír, y él lo había estropeado todo con tres crueles palabras. Roxy se rascó la frente y se dirigió al cuarto de las botas. De todos modos, Titus solo había dicho en voz alta algo que ella había sospechado desde hacía mucho tiempo. No podía culparlo por ello. Si había permitido que un hombre la tratase como si no fuese nadie, después no podía sentirse indignada porque este lo dijese en voz alta. Ella se había implicado en su insensata aventura sin pensarlo. El primer beso de Titus le había bastado para olvidarse de sus ambiciones y de sus esperanzas de futuro. De ser una limpiadora temporal que intentaba volver al mundo de la canción, había pasado a ser la amante furtiva de su aristocrático jefe.

Oyó pasos tras de ella y siguió andando, pero hacía mucho tiempo que no se ponía tacones tan altos y el vestido era tan ajustado que no podía correr. Los pasillos de aquella zona de la casa eran como los de una madriguera, pero oyó que Titus se acercaba más y pensó que seguro que él también los conocía como la palma de su mano.

Roxy llegó al cuarto de las botas y se quitó la peluca de un tirón.

Y entonces entró Titus, con la respiración algo alterada, y la miró con expresión indescifrable. Por un momento se quedaron en silencio, mirándose.

—Qué regalo de cumpleaños —comentó él lentamente.

Ella no supo cómo responder. No supo cuál era la mejor manera de sacar a Titus de su vida sufriendo lo menos posible. ¿O sería imposible? Un vestigio de orgullo profesional le hizo levantar la barbilla y preguntar:

—¿Te... ha gustado?

—¿Que si me ha gustado? —dijo él riendo—. No estoy seguro de que haya sido apropiado, pero me ha encantado. O, más bien, has sido tú la que me has encantado. Has estado sensacional, Roxanne.

–Me alegro –respondió ella, algo decepcionada en el fondo.

¿Por qué decía Titus que no sabía si había sido apropiado? ¿No podía olvidarse de su maldito título ni un momento?

Él la recorrió con la mirada. Sin la peluca, su cabeza era la de Roxanne Carmichael, pero el cuerpo seguía siendo el de Marilyn Monroe y no pudo desearla más. Deseó llevársela con él al salón de baile y disfrutar de su belleza y de su talento, sin pensar en las consecuencias.

–¿Quieres venir a la fiesta y bailar conmigo?

Aquella inesperada pregunta pilló a Roxy completamente desprevenida. Se tocó el pelo, que le caía despeinado sobre los hombros y preguntó:

–¿Así?

–Como tú quieras –le respondió Titus–. Si quieres, puedo esperar a que te peines, o a que vuelvas a ponerte la peluca, me da igual. Solo quiero bailar contigo.

Por un momento, Roxy se sintió tentada por una situación que jamás había pensado que ocurriría. Se imaginó volviendo de brazo de Titus. Se imaginó bailando con él en la pista de baile. Porque sabía que, aunque una parte de él no aprobase lo que había hecho, en el fondo estaba orgulloso de su actuación. Le había hecho el regalo de cumpleaños más original que podían hacerle y, en esos momentos, quería presumir de ella.

Por un momento, Roxy se permitió seguir soñando. Pudo imaginar los celos que despertaría entre todas las mujeres que habían estado toda la noche intentando llamar la atención de Titus. Pudo imaginarse la sensación de tener el cuerpo duro y caliente de este mientras se movían al ritmo de la música. Todo el mundo sabría que eran amantes y ella no podía desearlo más, pero ¿para qué? Sería como rozar con los dedos algo que jamás sería suyo, por muchas actuaciones que le dedicase.

—¿Roxanne?

La voz de Titus interrumpió sus pensamientos, este la abrazó y ella supo que tenía que darle una respuesta. Había estado tan sumida en sus ensoñaciones que se le había olvidado lo esencial.

Que era una don nadie.

Con el fin de hacer tiempo, levantó la barbilla y él se inclinó a darle un beso en el cuello.

—No podría volver a enfrentarme a todas esas personas —le dijo ella—. Ni podría responder a un millón de preguntas. Será mejor que vuelva a casa. La velada aquí va a ser muy larga. Nos veremos mañana, Titus.

Aunque sabía que cuando él se despertase ya haría mucho tiempo que se habría marchado.

Titus notó el roce de sus pechos a través de la fina tela del vestido y cerró los ojos mientras todo su cuerpo se tensaba de un deseo tan intenso que resultaba casi doloroso.

—También podrías pasar la noche aquí —le sugirió.

Por un momento, Roxy pensó que lo había entendido mal.

—¿Perdona?

—Aquí. Más concretamente, en la cámara ducal —le dijo él, utilizando aquel término anticuado en tono de broma y mirándola con los ojos brillantes.

A ella le entraron ganas de echarse a reír, aunque la cosa no tuviese ninguna gracia. ¿Cómo se atrevía Titus a intentar hacerla reír con un tema tan serio? Si nunca había sido lo suficientemente buena para entrar en su habitación antes y seguía sin serlo. Negó con la cabeza.

—No creo que sea buena idea.

Él la agarró de los brazos.

—Por Dios, Roxanne, si es lo que has querido siempre. ¿Por qué me dices ahora que no?

Roxy se estremeció al oír aquello. Al parecer, Titus pensaba que su única intención había sido dormir en su cama.

—Da igual —murmuró.

—No, no da igual. A mí me importa. Quiero que pases la noche aquí conmigo. En mi casa y en mi cama —le susurró Titus—. ¿Y no te das cuenta de que siempre consigo todo lo que quiero?

En esos momentos Roxy solo se daba cuenta de una cosa, y era de lo falso que podía llegar a ser. Titus no pretendía demostrarle lo importante que era para él, solo quería tenerla en su cama como si fuese un trofeo, mientras que unos minutos antes la había menospreciado delante de uno de los invitados diciéndole que no era nadie. Esa noche había sido una estrella y ese era la recompensa de Roxy. Y el duque estaba dispuesto a dejar que entrase en su cama.

Por un instante, se sintió tentada a decirle dónde podía meterse su proposición, que sabía muy bien cuál era su sitio y que tal vez hubiese llegado el momento de decirle adiós a todos sus sueños, pero aquella opción, la más sensata, pronto se vio desbancada por otra mucho más emocional. Porque aunque su corazón se rebelase contra lo que le había oído decir de ella, su cuerpo lo deseaba tanto como siempre. Así que, ¿por qué no tener una última noche con él, una noche inolvidable para ambos?

—De acuerdo —respondió, tomando su bolso y dejando a un lado todas sus dudas—. Dormiré en tu cama.

—Desde luego, sabes cómo tener a un hombre en vilo —comentó Titus en tono seco.

Roxy se obligó a sonreír.

—Sé dónde está tu dormitorio, pero creo que deberías acompañarme. No me gustaría encontrarme con Vanessa por el camino. Luego, podrás volver a la fiesta mientras yo te espero allí.

Titus negó con la cabeza.

—No voy a irme a ninguna parte. Esta noche solo me interesa una fiesta y es la que va a tener lugar en mi dormitorio.

En circunstancias normales, tal vez a Roxy le habría intimidado la idea de pasar la noche en una enorme cama con dosel, pero ¿qué circunstancias eran las normales? Ella nunca había tenido normalidad en su vida, aunque tal vez todo el mundo tuviese, en el fondo, esa sensación. Siempre había comparado su vida con la de otras personas y siempre había tenido la impresión de quedarse corta.

Titus había cerrado la puerta y le estaba quitando la estola de piel de los hombros.

–¿Cómo has conseguido todo esto?

Roxy esbozó una sonrisa. Si las cosas hubiesen sido distintas, quizás le habría contado su historia riendo, pero en esos momentos le parecía solo un episodio que prefería olvidar.

–En Londres hay una tienda donde alquilan ropa –le respondió–. La conozco de cuando estaba en The Lollipops.

–Pues estás... increíble –le dijo él, relamiéndose de manera exagerada–. Ahora, ven aquí antes de que me muera de la frustración.

Sin pensarlo, Roxy se abrazó a él y dejó que la besara. «Voy a echarlo de menos», pensó, devolviéndole el beso. «Lo voy a echar demasiado de menos». Porque, qué casualidad, esa noche la estaba besando con una pasión arrebatadora, o tal vez a ella se lo pareciese por el hecho de estar en su casa. Eso hacía que lo que iba a ocurrir fuese todavía más doloroso y Roxy supo que necesitaba ir más despacio. Apoyó las manos en los fuertes músculos de sus hombros y retrocedió un paso.

–Será mejor... que me quite el vestido.

–Deja que te ayude.

–Es muy delicado.

–Vas a ver como también puedo ser cuidadoso, Roxanne –murmuró Titus.

Y a ella le entraron ganas de llorar porque sabía que podía serlo. Podía ser cuidadoso. Las puntas de sus dedos le estaban rozando el cuerpo con tanta delicadeza que Roxy sintió que se le iba a romper el corazón de tanto anhelo.

Titus le quitó el vestido e hizo un sonido casi inaudible.

–Estás...

Tragó saliva.

–No llevas nada debajo.

–Me temo que no podía. Es un vestido muy ajustado.

–Roxanne...

Titus dijo su nombre como no lo había dicho nunca antes de colgar el vestido en una silla y volver a abrazarla.

Por un momento, ella deseó preguntarle por qué lo había estropeado todo, pero estaba tan excitada que empezó a desnudarlo y se olvidó del tema.

Él rio mientras Roxy le arrancaba la ropa y lo dejaba completamente desnudo. A ella le quedaban los tacones dorados, que hacían que estuviese casi a la misma altura que él, se inclinó a quitárselos.

–No –le dijo Titus–. Déjatelos puestos.

Pero Roxy negó con la cabeza y se los quitó. Estaba cansada de jugar. No iba a pasar de ser Marilyn Monroe a ser su estereotipo de amante perfecta, desnuda pero con tacones dorados. Esa noche solo iba a ser ella misma, la mujer que había debajo de las múltiples capas que había ido poniéndose con el tiempo, debido a diferentes circunstancias.

–Bésame –le pidió.

Y él la llevó a la cama, la tumbó encima de la colcha de terciopelo carmesí y se tumbó a su lado antes de besarla, primero en los labios y después, los pechos. Ella se retorció al notar su lengua caliente en el vientre y lo agarró de los hombros para que volviese a subir, para que la mirase a la cara.

–No. Así no. Esta vez, no –le susurró.

Titus asintió. Se puso un preservativo que, de repente, no tenía ganas de llevar, y la penetró muy despacio. Al instante, se perdió en su calor y vio cómo Roxanne se desinhibía por completo y lo besaba profundamente, le acariciaba todo el cuerpo y tomaba el control del acto.

También le estaba susurrando palabras al oído. Palabras que casi no podía ni entender. Titus notó cómo crecía la tensión en su interior. Se sintió como si su cuerpo fuese a explotar, como si fuese a morirse de deseo por ella. Roxy gritó al llegar al orgasmo y él la imitó mientras alcanzaba el clímax también.

Después, se sintió curiosamente conmovido, todavía más al notar la humedad de las lágrimas de Roxy en su rostro. Lo normal habría sido que pusiese distancia entre ambos, porque las mujeres y las lágrimas nunca eran una buena combinación, sobre todo, en la cama, pero como se sentía saciado, giró la cabeza hacia ella y recorrió su mejilla con un dedo.

—¿Roxanne? —le dijo.

Pero ella no respondió y la pregunta se olvidó cuando los fuegos artificiales empezaron a brillar en el cielo, a través de las enormes ventanas de su habitación. Titus le sacudió el hombro con suavidad.

—Alguien ha debido de dar la orden de que empiecen. Mira.

Roxanne obedeció y miró hacia fuera, intentando concentrarse en los colores que iban explotando en el cielo. Plateado. Dorado. Rosa y azul. En forma de rayo y de cascada... Sus sonidos casi quedaban cubiertos por el de la música clásica. Eran para celebrar el cumpleaños del décimo primer duque de Torchester, para lo que no se había reparado en gastos.

—Son preciosos —comentó, intentando fingir entusiasmo.

—¿Sí, verdad? —dijo él, rozándole los labios con los suyos—. Y han empezado en el momento perfecto, ¿no?

—Sí, perfecto —repitió ella a pesar de sentirse como si le estuviesen arrancando el corazón.

La culpa era suya. Ella se lo había buscado. Era la don nadie que había cometido el error de pensar que era alguien. Se había metido en una aventura que, desde el principio, había sabido que no podía durar. Y había pensado que iba a ser capaz de ser fuerte para soportarlo, pero se había equivocado.

La agradable sensación del orgasmo fue desapareciendo y transformándose en una frialdad que iba ocupando todo su cuerpo.

Titus la agarró por la cintura y la acercó más a él, para que notase su nueva erección en el trasero. Luego pensó que volverían hacer el amor después y, así, abrazado a ella, cerró los ojos y se durmió.

Roxanne se quedó entre sus brazos durante lo que le parecieron horas, escuchando el sonido de su respiración, hasta que estuvo segura de que se había dormido. Con cuidado para no despertarlo, salió de la cama.

En silencio, recogió los zapatos dorados y los metió con cuidado en la bolsa, junto con el vestido de noche y la estola de piel. Después se puso unos vaqueros, un jersey y unas botas y salió de la habitación de Titus.

Debía tener cuidado. La fiesta todavía no se había terminado y no quería encontrarse con Vanessa. Como una sombra, salió de la casa principal y corrió hasta la suya justo cuando estaba empezando a amanecer. Hacía una preciosa mañana de invierno.

Se preguntó qué haría Titus cuando despertase. ¿Se preguntaría dónde estaba o... sencillamente se sentiría aliviado de que se hubiese marchado sin montar ningún escándalo?

Roxy estaba temblando cuando entró en casa y subió a su habitación. Recogió sus cosas y las fue dejando encima de la cama. Hacer la maleta era una de las cosas que mejor se le daban, pero solo porque tenía mucha práctica. Guardó la ropa en la maleta y se estaba preguntando si podría pedir a alguno de los invitados que la llevasen hasta Londres cuando oyó que se abría la puerta de la casa.

Supo que era Titus, pero este no la llamó, seguramente para no despertar a Amy. Roxy rezó porque se diese la vuelta y volviese a marcharse si no bajaba a recibirlo.

Pero entonces oyó sus pasos en las escaleras. Y, de repente, lo vio en la puerta de su dormitorio, serio y poderoso, y muy intimidante.

Titus no dijo nada durante unos segundos, la miró, bajó la vista a la maleta y volvió a posarla en ella.

—¿Te vas a alguna parte? —preguntó entonces.

Y Roxy deseó gritar. Deseó lanzarse contra él, llorando porque le había roto el corazón, pero supo que una escena solo complicaría más las cosas. Solo haría más difícil su marcha y necesitaba estar tranquila. Tenía que demostrarle que la decisión ya estaba tomada de antemano. Y, sobre todo, tenía que hacerle saber que no iba a cambiar de opinión.

—Bueno, eso se sobreentiende cuando alguien hace la maleta —le respondió, arqueando las cejas de manera burlona—. Pensé que lo sabrías mejor que nadie.

—¿Te marchas? —le preguntó él con incredulidad.

—Sí, me marcho. Desde el principio quedamos en que solo iba a trabajar aquí hasta el día de la fiesta.

—Tal vez, pero ¿no te parece la situación un poco dramática? ¿Piensas que es normal que te hayas marchado de mi cama en mitad de la noche, sin molestarte en decírmelo?

–Estabas dormido.

–No insultes a mi inteligencia, Roxanne. Podrías haberme despertado.

Ella metió un zapato a un lado de la malcta.

–Tal vez quisiera ahorrarnos a ambos la vergüenza de encontrarnos con uno de tus invitados, o con alguien del personal de servicio.

–Eso sería problema mío, no tuyo.

La arrogancia de Titus hizo que se pusiera recta y perdiese los nervios.

–No puedes evitarlo, ¿verdad? –lo acusó–. ¡Has tenido el gran detalle de dejarme dormir en tu maravillosa habitación, pero no puedes evitar sentirte superior! Pensé que anoche éramos iguales...

–¡Y lo éramos!

–En ese caso, puedo decidir sola cuándo quiero marcharme. No necesito que me des tu permiso, Titus.

Él la miró con frustración. No era dado a expresar sus emociones ni a analizarlas. Con los años había aprendido a observar el comportamiento de otras personas, pero sin reaccionar nunca ante él. Pero, de repente, rompió sus propias reglas del juego.

–Pues me parece que has elegido muy mal momento, sobre todo, por lo que acaba de ocurrir.

–¿Porque acabamos de tener sexo?

–¿Por qué eres tan brusca?

Ella sacudió la cabeza, estaba decidida a no seguir soñando, pero no era fácil.

–¿Y por qué no iba a serlo, Titus, si solo soy una don nadie?

Él pareció encogerse al oír aquello, pero no tardó en atar cabos y su mirada cambió.

–¿Ya lo entiendes? ¡Porque te oí! Te oí diciendo que no era nadie.

Él frunció el ceño y recordó la breve conversación que había tenido con su excompañero de clase.

–Lo dije porque...

–¡No! –replicó ella–. ¡No quiero oír ninguna excusa patética! ¡No hay explicación posible a lo que oí!

–¿Eso piensas? –le preguntó él, empezando a enfadarse–. Pues te diré que lo hice solo para protegerte.

Ella rio con histerismo.

–¿Protegerme?

–Eso es. Porque no quería que la gente especulase acerca de ti ni te hiciese preguntas. La clase de preguntas que me dijiste que odiabas. Pensé que si decía que eras mi amante te expondría a que todos quisieran husmear en tu pasado.

–¿O en el futuro? –dijo ella, porque no lo creía.

No quería creerlo... porque si pensaba que había actuado así pensando en ella le sería imposible marcharse.

–En tu futuro.

–¿En mi futuro?

–Sí, por supuesto. Te protegiste a ti mismo, Titus, y no te culpo por ello. Porque si todo el mundo se enterase de que el duque de Torchester se ha estado acostando con una limpiadora, también a ti te harían muchas preguntas a las que no querrías responder, ¿no?

–¿Qué clase de preguntas, Roxanne?

–La prensa se alegraría mucho de tener una historia así –le dijo ella–. En cuanto ven a dos personas famosas juntas empiezan a especular acerca de una posible boda.

Él rio con amargura y le dijo:

–Creo que estás olvidando que tú ya no eres famosa. Y tengo la sensación de que la que ha estado especulando con una posible boda has sido tú.

Fueron unas palabras de una claridad cruel y aristocrática y algo en el interior de Roxanne murió al ver la expresión del rostro de Titus. Estaba volviendo a hacerlo. Estaba volviendo a decirle que él era importante y ella no. No podía evitarlo. Hiciese lo que hiciese ella, dijese lo que dijese, no era más que otra mujer que quería cazarlo. Pues se equivocaba si pensaba que quería compartir su vida con un tirano arrogante como él.

–Creo que te estás engañando a ti mismo, Titus, si de verdad piensas que he estado conspirando para llevarte al altar.

Hizo una pausa y se preguntó cuánto sería capaz de mentirle.

–Lo nuestro no ha significado nada para mí. Ha sido una aventura, nada más.

–¿Nada? –repitió él con incredulidad.

A él ninguna mujer le hacía aquello. Él era siempre el que las dejaba.

–Eso es. Y debo admitir que ha sido una aventura muy placentera. Ambos las hemos tenido antes y sabemos cuándo deben terminar. Así que me marcho. Vanessa tiene mis datos bancarios, te agradecería que te asegurases de que me ingresan la cantidad debida.

Tomó aire antes de continuar.

–No sé si cuentas lo de anoche como horas extra, pero...

–¡Por Dios santo, Roxanne! –la interrumpió Titus furioso–. ¿Quieres parar?

–Ya he parado –le dijo ella, levantando la mano para hacer que se callase, como había hecho en la fiesta unas horas antes para que el público le prestase atención–. No tenemos nada más que decirnos y me gustaría volver a Londres lo antes posible.

Titus tenía el corazón acelerado, como si acabase de correr una carrera.

–Si sales por esa puerta... se habrá terminado de verdad –le dijo en tono duro–. ¿Lo has entendido?

–Sí, Titus –le respondió ella, desafiándolo con la mirada antes de dejar escapar una carcajada–. Lo he entendido.

Capítulo 11

NADA más entrar, Titus se dio cuenta de que su casa de Londres estaba más fría y tranquila de lo habitual. Tal vez la culpa de ese frío la tenía el sol keniata, pensó mientras dejaba el pasaporte y la maleta en el pasillo. O tal vez tuviese algo que ver con el hecho de que la última vez que había estado allí, había sido con Roxanne. Por entonces, había sido él quien había tenido el control, le había dado el antibiótico y le había llevado vasos de agua. Y había pensado que le estaba haciendo un favor al llevársela a Norfolk y ofrecerle un maldito trabajo.

Lo que no había previsto, jamás habría podido predecirlo, era que después no podría olvidarse de ella. Y eso lo ponía furioso. Ni siquiera lo había conseguido con el viaje a África. Entró en el salón, se sirvió tres dedos de whisky y le dio un buen sorbo.

«Maldita sea», pensó.

El día después de la fiesta y de que Roxy cumpliese su amenaza de marcharse, él había decidido irse de safari a Kenia. Había pensado que unos días de sol en medio del invierno lo ayudarían a olvidarla. Hacía tiempo que no iba a África y el país seguía siendo tan bonito como recordaba. Allí no había parado. Había montado a caballo y a camello, había pescado, había caminado y había cenado bajo las estrellas. Y de manera educada, pero firme al mismo tiempo, había rechazado a una bella heredera estadounidense que había estado alojada en el mismo campamento.

¿Qué otra cosa iba a hacer, si no podía dejar de pensar en Roxanne?

Se acercó al teléfono, vio que tenía el contestador lleno de mensajes y bostezó. Los mensajes podían esperar. Se daría una buena ducha, dormiría bien y al día siguiente se enfrentaría al trabajo que se le habría acumulado durante su ausencia. Quería prolongar las vacaciones una noche más porque una de las mejores cosas del viaje había sido carecer completamente de instalaciones modernas. No había tenido teléfono ni ordenador ni televisión. La vida era mucho más sencilla sin las constantes interrupciones de la vida moderna.

Pero la costumbre hizo que encendiese el teléfono móvil y vio que también lo tenía lleno de mensajes de números que no conocía. Entonces se puso a sonar y vio que era Guy Chambers, su amigo médico que había visto a Roxanne cuando esta había tenido neumonía. ¿Por qué lo llamaba a esas horas? ¿No podía esperar al día siguiente?

Tal vez no. Titus suspiró y respondió.

–¿Dígame?

–¿Titus?

–Sí, siempre respondo yo a mi teléfono.

–¿Dónde demonios has estado?

–De safari en Kenia. Me lo he regalado por mi cumpleaños –le respondió–. ¿Qué pasa, tenía que haberlo consultado contigo?

Hubo un breve silencio.

–¿Has hablado con la prensa?

–No. ¿Por qué?

–¿Tampoco te has conectado ningún día a Internet?

–No. Tengo la suerte de poder decir que he estado dos semanas sin tocar un ordenador.

–Pues deberías –le advirtió Guy–. Escribe «Marilyn y la chica del duque», y mira a ver qué encuentras en YouTube.

–¿Qué pasa, Guy?

–Yo creo que deberías preguntárselo a Roxanne –le respondió su amigo–. Parece que está intentando resucitar su carrera gracias a ti.

Titus colgó enfadado y fue inmediatamente a su despacho.

Tenía la boca seca mientras tecleaba las palabras que le había sugerido Guy, hasta que apareció en la pantalla un rectángulo con la imagen de Roxanne en el centro. Le dio a la flecha y la imagen empezó a moverse. Iba vestida de Marilyn y le estaba cantando cumpleaños feliz. Terminó de ver el vídeo y se di cuenta de que había tenido millón y medio de visitas.

Y después puso en el buscador el nombre de Roxy Carmichael y The Lollipops y vio que había mucho más.

Había miles de comentarios acerca de la actuación de Roxy en su fiesta. Se especulaba acerca de si eran amantes, y alguien que decía haber asistido a la fiesta afirmaba haberla visto entrar con Titus en su dormitorio. Pero lo que más le aclaró las cosas fue ver que el disco de mejores éxitos de The Lollipops había vuelto a venderse y que existía la posibilidad de que el grupo volviese a actuar.

Estaba tan enfadado que dio un puñetazo en la mesa.

¿Cómo se atrevía Roxanne?

¿Cómo se atrevía?

Deseó buscarla y enfrentarse a ella, pero entonces se dio cuenta de que no sabía dónde vivía ni dónde estaba.

Se acordó de que era una mujer con una vida nómada y eso lo suavizó. Se preguntó cómo debía de ser vivir así. Haber tenido tanto dinero y haberse quedado sin nada. Sin dinero y sin casa. Pero Titus se obligó a recordar que Roxanne había explotado su relación de manera despiadada y su ira le hizo tomar el teléfono.

Después de hablar con alguien del club, contrató a un detective privado y a la tarde siguiente ya tenía la información que necesitaba. Roxy trabajaba en el Hotel Granchester, de seis de la mañana al mediodía y de cuatro a seis de la tarde, haciendo camas. Su propia habitación, la 537, estaba en la quinta planta de un edificio que había detrás del hotel.

Titus hizo un esfuerzo por controlarse y esperó a que Roxy hubiese terminado de trabajar. En el pasado, se habría presentado en el hotel, la habría sacado de allí y le habría pedido explicaciones. En el pasado habría sido incapaz de esperar. Habría utilizado su estatus para salirse con la suya. Entonces, ¿qué había cambiado?

El día estaba gris y lluvioso cuando condujo hasta la parte trasera del hotel. Eran poco más de las seis y pronto vio salir por una puerta lateral una figura que conocía muy bien. Llevaba puesto una especie de sombrero que le tapaba parte de la cara y se cerraba con fuerza una chaqueta. Parecía estar muy delgada. A Titus le dio un vuelco el corazón, pero tomó aire y se recordó que lo había utilizado de manera despiadada.

Le dio diez minutos mientras escuchaba las noticias y después cerró el coche y fue hacia el edificio en el que vivía, donde subió en el ascensor de metal gris hasta la quinta planta.

Se detuvo antes de llamar al timbre de la habitación 537 al darse cuenta de que la mezcla de emociones que tenía dentro estaba haciendo que se sintiese... enfadado. No, era algo más que enfadado. También se sentía inseguro. ¿Y si Roxy no estaba sola? ¿Y si estaba con otro hombre? Apretó el timbre con fuerza y luego esperó tanto tiempo a que le abriesen la puerta que empezó a preguntarse si el detective no se habría equivocado de habitación.

Y entonces la puerta se abrió y, nada más verla, Titus se olvidó de las primeras acusaciones que tenía pensado hacerle. Roxy había vuelto a perder peso, demasiado. Y lo estaba mirando con una expresión que no era capaz de descifrar. Se preguntó si sería de culpa.

Entonces, ¿por qué tenía él el corazón acelerado? ¿Qué tenía aquella mujer que hacía que se volviese loco siempre que la tenía cerca?

Roxy se humedeció los labios sin maquillar con la punta de la lengua y luego le preguntó:

—¿Qué estás haciendo aquí, Titus?

Él pensó que nunca la había visto tan pálida. Cruzó el umbral de la puerta y miró dentro de la habitación que, para su alivio, estaba vacía.

—He venido a pedirte una explicación —le dijo enfadado.

—¿Perdona?

—Por favor, no insultes a mi inteligencia fingiendo que no sabes de qué te hablo, Roxanne. Ambos sabemos por qué estoy aquí. Supongo que, en parte, me estarías esperando, ¿no?

Ella asintió despacio. Era cierto. Había estado esperándolo, pero había pensado que no tardaría tanto en ir. Y le dio igual que estuviese enfadado porque solo pudo pensar en lo guapo que estaba, pero verlo fue mucho peor de lo que había esperado. Porque le hizo recordar el día en que le había comprado los guantes malvas. Las veces que había enterrado las manos en su pelo. Se estremeció y supo que tenía que deshacerse lo antes posible de él. Antes de hacer una tontería... como rogarle que le hiciese el amor solo una vez más...

Roxy se aclaró la garganta.

–¿Te refieres al vídeo?

–Sí, me refiero al vídeo que, al parecer, ha visto medio planeta.

–Más precisamente, millón y medio de habitantes del planeta –lo corrigió ella.

–No te hagas la lista conmigo –replicó Titus furioso–. Solo dime cuándo decidiste hacerlo. ¿Antes o después de acostarte conmigo? Supongo que después, porque la historia no habría tenido valor si no hubiésemos sido amantes.

–¿Eso es lo que piensas?

–Da igual lo que yo piense, Roxanne. Lo sé. Hiciste una actuación muy buena delante de muchas personas importantes y le pediste a alguien que te grabase.

–¡Si no sabía que me estaban grabando! –protestó ella–. Si pedí prestado el vestido porque no podía permitirme alquilarlo. Me lo enviaron por correo y supongo que cuando se dieron cuenta de cuál era la dirección...

–Entonces, ¿qué, Roxanne?

–Que aprovecharon la oportunidad para esconderse en la casa y grabarme.

Titus asintió.

—Así que no solo te has burlado de mí —comentó con frialdad—, sino que has puesto en riesgo mi seguridad dejando que un extraño entrase en mi casa.

Roxy negó con la cabeza. La conversación estaba yendo mucho peor de lo que había imaginado. Había imaginado que Titus se enfadaría, casi había querido que se enfadase. Porque ella también estaba furiosa con lo ocurrido. Pero vio tal frialdad en su mirada que supo que no merecía la pena intentar convencerlo de ello. Titus solo creía lo que quería creer. Lo que siempre había creído. Que era una persona rastrera. Si no fuese así habría querido escuchar su versión de la historia antes de condenarla.

—¿Qué quieres que te diga? —le preguntó ella en tono cansado.

—Quiero que admitas que me has utilizado.

Hubo un momento de silencio en el que la indignación de Roxy luchó por salir. ¿Que lo había utilizado? Pero si lo que había hecho había sido amarlo. Amarlo como no había amado a ningún otro hombre. Amarlo a su pesar. Aquello era una injusticia, pero Roxy pensó que tal vez fuese lo mejor. Que si Titus se marchaba de allí pensando que era una interesada, jamás volvería. Porque la alternativa era convencerlo de su inocencia y, luego, ¿qué?

Se besarían y harían las paces. Tendrían un sexo muy apasionado, probablemente allí mismo. Y después ella tendría que enfrentarse a la realidad: que no tenían futuro. Titus buscaría la manera de huir y ella se quedaría todavía más destrozada.

–Sí –respondió–. Te he utilizado para conseguir publicidad. Era una oportunidad que no podía desperdiciar. ¿Ya estás satisfecho, Titus? Ya he confesado, puedes olvidarte de mí y fingir que nunca he existido, pero mejor hazlo en otra parte porque yo voy a salir.

Él se sintió confundido.

–¿Es por un hombre? –le preguntó.

Roxy respiró hondo y se convenció de que podía seguir con la farsa.

–Me temo que sí –respondió.

Titus se estremeció de dolor al oír aquello. Por un momento, su orgullo lo instó a tomarla entre sus brazos, besarla y a preguntarle si otro hombre era capaz de hacer que se sintiese así.

Pero esa era una manera de pensar demasiado arrogante. ¿Era posible que por primera vez en su vida hubiese conocido a una mujer que no se sentía afortunada por estar con él? ¿Una mujer que había decidido que se había comportado de manera injusta con ella durante su relación? Tal vez hubiese conocido a un hombre que no la mantenía escondida por las diferencias sociales que había entre ambos. Tal vez había sido su propio comportamiento con ella lo que había hecho que decidiese aprovecharse de él.

Notó que se le encogía el estómago y deseó pedirle perdón, pero no pudo. Así que asintió y se encogió de hombros aceptando que se la habían quitado. Se comportó con tal frialdad que pensó que, de haberlo visto, su madre se habría sentido muy orgullosa de él.

—Entonces, solo me queda desearte mucho éxito en el futuro, Roxanne —le dijo, antes de darse la vuelta para salir de la habitación.

Bajó en el ascensor y cuando llegó al coche estaba temblando. Estaba lloviendo, pero le dio igual mojarse. No supo si ir a casa o al club, y su nerviosismo lo llevó a entrar en el Hotel Granchester, en su bar.

Pensó que podía emborracharse y volver después a casa en taxi, pero en su lugar se sentó al fondo de la barra y se quedó mirando fijamente una copa de whisky que no había llegado a tocar. Hacía mucho tiempo que no iba por allí, desde que el local había pertenecido a Ciro D'Angelo.

Una mujer de mediana edad había entrado y se había sentado frente al piano. Y la tercera canción que tocó le resultó dolorosamente familiar: *Thanks for the Memory*. La misma canción que Roxanne le había cantado vestida de Marilyn Monroe.

Y él no había sabido apreciar el detalle.

Levantó la copa para darle el primer sorbo y entonces se dio cuenta. Bajó la copa y se llevó la mano a la frente, como para poder pensar mejor. Aunque en esos momentos no era capaz de pensar con claridad.

Si Roxanne lo había utilizado para obtener publicidad y si tenía pensado resucitar su carrera como cantante... ¿qué hacía trabajando en aquel hotel?

De repente, nada y todo tenía sentido.

Y él había sido un idiota o, algo peor, había sido cruel con ella.

Se dio cuenta de que se había precipitado al juzgarla y acusarla.

Con manos temblorosas, sacó la cartera y dejó un billete encima de la mesa. Se sentía tan mareado como si se hubiese bebido una botella entera de whisky y solo quería cruzar el aparcamiento, volver a la habitación de Roxy y decirle... decirle...

Salió del bar.

¿Decirle el qué? ¿Qué podía decirle a Roxanne para que lo perdonase por lo que había dicho y hecho?

Capítulo 12

ROXY contuvo un enorme bostezo mientras detenía el carrito delante de la puerta doble de la suite Maraban. Estaba cansada. No, estaba agotada. Se debía a la falta de sueño y a que ya no estaba acostumbrada a estudiar. Y, además, a que echaba mucho de menos a Titus.

Volvió a sentirse hundida. Aquella última era la causa más debilitadora de su cansancio.

Reprimió otro bostezo y sacó la llave maestra del bolsillo de su delantal. Esa tarde había arreglado ya veinte habitaciones y solo le quedaba una más antes de volver a la paz de su habitación, a leer un rato. A hacer cualquier cosa que no fuese pensar en el hombre que le había roto el corazón.

Volvió a pensar en la noche anterior y se preguntó por qué había estado tan pasiva con Titus. ¿Por qué se había tragado su orgullo? Se respondió a sí misma que porque era lo mejor.

Tomó dos chocolatinas del carrito y llamó suavemente a la puerta de la suite. Había dejado aquella para el final porque era su favorita.

Acababa de entrar en su interior cuando vio una

figura sentada frente al escritorio, delante de una de las ventanas, dándole la espalda, y le dio un vuelco el corazón.

—Lo siento, señor. Pensé que la habitación estaba vacía. He llamado, pero...

No pudo seguir hablando. Se le aceleró el pulso al ver que la figura se levantaba y empezaba a girarse. Una figura con un físico imponente y un pelo de color rubio oscuro. Roxy palideció al mirarlo a los ojos. Aquello era una pesadilla.

—¿Qué... qué estás haciendo aquí? —le preguntó, temblorosa.

Titus se quedó inmóvil mientras estudiaba su rostro pálido y la expresión de angustia que había en él, pensó que Roxy parecía muy vulnerable. Había una terrible tristeza en sus ojos azules y los tenía brillantes, como si hubiese estado llorando. ¿Habría sido él el que la había hecho llorar?

—Me alojo aquí —le respondió.

Roxy sacudió la cabeza enfadada.

—De eso ya me he dado cuenta, pero ¿por qué? Tienes casa en Londres.

—Porque quería hablar contigo en territorio neutral.

—¿Por qué? Yo creo que ya no nos queda nada por decirnos, Titus.

—No estoy de acuerdo. Al menos yo sí que tengo algo que decirte.

Tomó aire.

—He venido a decirte que lo siento.

Roxy contuvo las lágrimas, decidida a no llorar. Ya había llorado bastante por él.

—Me temo que no va a ser suficiente —le dijo.

Titus la miró a los ojos, vio ira y testarudez en ellos y se le encogió el corazón. ¿Había pensado que con solo disculparse Roxy volvería a sus brazos y lo llenaría de besos? Se puso tenso. Tal vez sí.

—Entiendo que estés enfadada conmigo, Roxanne.

—Eso es muy generoso por tu parte.

Él asintió despacio, también tenía derecho a hablarle en tono sarcástico.

—Tenía que haber sabido que no eras capaz de explotar nuestra relación para continuar con tu carrera.

—¿Y cuándo te has dado cuenta? —le preguntó ella.

—Cuando he sido consciente de que no estarías haciendo este trabajo si hubieses relanzado tu carrera.

Roxy asintió.

—Pero no pudiste creerme cuando te lo dije, ¿verdad?

—No —admitió él, mirándola a los ojos—. No pude. Fui un idiota... y por eso quiero volver a pedirte perdón. Y también quiero prometerte que no volverá a ocurrir.

Ella sacudió la cabeza. Titus pensaba que aquello era así de fácil. Todo había sido siempre fácil para él. Tal vez hubiese tenido una niñez complicada, pero en lo relativo a las mujeres, siempre se salía con la suya.

—Estás hablando como si lo nuestro tuviese futuro, Titus —le advirtió—. Y no es así.

—Podría tenerlo.

—¡No! —replicó ella—. No tenemos ningún futuro juntos.

—¿Por qué no?

Roxy lo miró fijamente y supo que tenía que ser lo suficientemente fuerte para admitir su debilidad. Tenía que tragarse su orgullo y decírselo. Tenía que hacerle saber que el hecho de que hubiese alquilado aquella suite no significaba nada.

—Porque te quiero, Titus —admitió en voz baja—. Porque en algún momento... y a pesar de jurarme a mí misma que no ocurriría, me he enamorado de ti.

—Roxanne...

—¡No! —lo interrumpió ella—. Déjame terminar. Me he enamorado de ti, pero eso le ocurre a muchas personas y logran superarlo. Y yo voy a superarlo. Aunque no podré hacerlo si seguimos con esto. Sé que para ti lo nuestro es solo una aventura. Sé que tienes que buscar a una mujer con la que casarte y tener un hijo. Lo entiendo todo y no quiero seguir sufriendo mientras lo haces, eso es todo.

Titus notó que se le aceleraba el corazón mientras la escuchaba hablar de manera tan apasionada. Se dio cuenta de el valor que había tenido que tener para admitir que lo quería, cuando él no le había demostrado en ningún momento cuáles eran sus sentimientos más allá de lo carnal.

–Yo tampoco lo quiero –le dijo él–. Lo que quiero es que tú seas esa mujer en mi vida, porque te quiero, Roxanne. Te quiero mucho.

–¡No es verdad! –exclamó ella, dándose cuenta de que estaba apretando tanto las chocolatinas que las había roto, y se las metió en el bolsillo del delantal–. ¡Solo lo dices porque quieres acostarte conmigo!

–Eso es verdad. Por supuesto que quiero acostarme contigo –convino Titus muy serio–, pero también quiero casarme contigo. Quiero que seas mía, legal, física y emocionalmente mía.

Se acercó un paso a ella con expresión tensa.

–Lo he hecho muy mal, Roxanne. Siempre he pensado que estaría dispuesto a casarme por obligación y por eso veía el matrimonio como si fuese la hoja de una guillotina, pero casarse por amor es algo completamente diferente. La idea me llena de... alegría. También me pone nervioso. Quiero que seas mi esposa. O mi duquesa, para ser más precisos.

–Para ya –susurró Roxy–. Por favor, déjalo ya. Es muy fácil hablar, pero las palabras no valen nada.

–Es posible –admitió Titus–. Por eso no te lo dije anoche. Por eso me obligué a esperar a hoy, a pesar de que me ha costado mucho esfuerzo hacerlo. He tenido que esperar a que el banco estuviese abierto.

–¿El banco? –repitió ella confundida, pensando por un momento que Titus estaba hablando de pagarle por su trabajo.

–Sí, en concreto, la caja fuerte que tengo en él.

–No te entiendo.

–¿No? Entonces será mejor que te lo demuestre con actos.

Titus se llevó la mano al bolsillo de los pantalones y sacó de uno de ellos una pequeña caja de piel que parecía muy antigua. La abrió.

Roxy dio un grito ahogado al ver que apoyaba una rodilla en el suelo, delante de ella, y le tomaba la mano.

–Roxanne Carmichael, te quiero más de lo que puedo expresar con palabras y, si me haces el honor de convertirte en mi esposa, seré el hombre más feliz del planeta –le dijo, notando cómo se le acumulaban las lágrimas en los ojos–. Porque no soporto la idea de que no formes parte de mi futuro, mi amor. Mi vida ha estado vacía sin ti.

Roxy lo miró a los ojos y después miró el anillo, lo volvió a mirar a los ojos, abrió la boca y la volvió a cerrar.

–Se supone que tienes que decir algo –la alentó él.

No fue el anillo lo que hizo que se decidiese, aunque fuese el más bonito que había visto en toda su vida. Ni tampoco fue la satisfacción femenina que le causaba la más tradicional de las proposiciones. No, fue el amor que irradiaban los ojos de

Titus al mirarla lo que hizo que a Roxy se le enco-
giese el corazón y se diese cuenta de que solo podía responderle de una manera.

–Sí –susurró con voz temblorosa, poniéndose a
llorar, pero de alegría–. Sí, quiero casarme contigo,
Titus.

Él le puso el anillo y, lentamente, le besó la palma
de la mano antes de levantarse a abrazarla para besarla de verdad.

Después de aquello, ambos se volvieron locos y
la conversación se redujo a susurros y gemidos,
hasta que, varias horas después, Roxy se quedó medio dormida entre sus brazos en la enorme cama. Titus le acarició el pelo y suspiró feliz.

–Solo hay una cosa que sigue sin encajarme –comentó despacio–. Bueno, en realidad, son dos cosas.

–Dime –le respondió ella.

–Si el disco recopilatorio de tus canciones está
vendiéndose en varios países, ¿por qué estás haciendo este trabajo?

Roxy levantó la cabeza.

–Quieres decir que por qué no he corrido a com-
prarme un piso o algo así.

–Algo así.

Ella pasó el dedo alrededor de uno de sus pezones y le gustó ver que a Titus se le cortaba la respiración un instante.

–La gente no es consciente del tiempo que se
tarda en cobrar los derechos –le respondió muy

seria–. Además, yo no escribí las canciones, fue Justina quien lo hizo, así que los derechos son para ella.

Titus tomó uno de sus dedos y se lo llevó a los labios.

–Entonces, ¿por qué no has querido volver a formar el grupo? –le preguntó–. ¿Podríais haber hecho una gira y haber ganado mucho dinero?

Roxy guardó silencio un momento. No podía negar que se había sentido tentada a hacerlo, pero entonces se había dado cuenta de cuál era la realidad.

–Porque, inmediatamente, habría empezado el circo otra vez –le dijo en voz baja–. Los periodistas volverían a acosarme. Yo volvería a pensar que soy solo un objeto. Las giras ya eran duras con diecinueve años, con casi treinta, deben de ser una pesadilla. Y habría tenido que volver al pasado en vez de mirar al futuro.

Volvió a guardar silencio. Solo unas horas antes había visto su futuro de una manera muy diferente a como lo veía en esos momentos, pero era importante para ella reconocer que había planeado seguir adelante con su vida y ser feliz, con o sin Titus.

–Tenía pensado estudiar –confesó sonriendo–. Hacer algo útil, como logopedia.

Él se quedó pensativo.

–Tal vez las exigencias de ser duquesa y una carrera nueva te resulte demasiado...

Ella le puso un dedo en los labios para hacerlo callar.

—Ya lo sé, cariño —susurró—. Ahora mismo la única carrera que me interesa es casarme contigo y ser la madre de tus hijos.

Titus tomó su mano.

—Te quiero, Roxanne Carmichael —le dijo—. Me haces reír y me desafías. Me satisfaces y me tientas —le dijo. Entonces frunció el ceño y preguntó—. ¿Has cambiado de perfume?

—No, ¿por qué?

—Porque yo diría que hueles a chocolate.

Roxy miró hacia donde estaba su delantal, tirado en el suelo con el resto de la ropa. En él había una mancha oscura, del mejor chocolate belga. Levantó la vista a los ojos de su prometido y sonrió.

—Vaya, creo que vas a tener que pagar un uniforme nuevo, Titus.

A ROXY le habría gustado casarse en la capilla de Valeo y hacer después una celebración informal, un picnic en su propia playa de Norfolk, pero supo que no era posible. Era la nueva duquesa de Torchester y eso implicaba ciertos sacrificios. Sabía que tendría que anteponer el deber a sus deseos, pero lo haría de buen gusto, orgullosa. Aunque casarse con Titus en la catedral de Norwich no era ningún sacrificio.

Cuando la cobertura periodística de su compromiso se hubo calmado, había habido muchas especulaciones acerca de quién estaría invitado a la boda. La madrastra de Titus había dado una entrevista en la que lo había acusado de haber sido cruel con ella y de haberla echado de su casa. Cosa que no era cierta, porque Titus no solo le había comprado una enorme casa en la región de los Cotswolds, sino también una en Londres. Aunque había sido el comentario acerca de que Roxy no era adecuada para ser duquesa lo que había hecho que Titus decidiese no invitarla a la boda.

Por el contrario, la madre de Titus sí que le ha-

bía dado la bienvenida a la familia de manera cariñosa. Era una mujer alta y guapa, que un fin de
semana había salido a pasear con Roxy cerca de su
casa en Escocia y le había dado las gracias por hacer tan feliz a su hijo.

Se habían casado un soleado día de primavera
y el padre de Roxy había aparecido con un traje de
lino arrugado, con el pelo demasiado largo para su
edad, y de la mano de una mujer dos años más joven que su hija.

—¿Te molestó eso? —le preguntó Titus a Roxy
un tiempo después.

Ella negó con la cabeza mientras le desabro-
chaba la camisa.

—No puedo cambiarlo —respondió—. Solo puedo
intentar quererlo.

—Y eso se te da muy bien.

—¿Eso piensas?

—Sí —respondió él—. Eres la mejor.

Pero, mientras Titus empezaba a besarla, Roxy
pensó que quererlo a él era muy fácil. Era la cosa
más sencilla que había hecho en toda su vida. Porque, para ella, no era el duque con años de tradi-
ciones a sus espaldas y con una riqueza con la que
la mayoría de las personas habría soñado.

Para ella era su amor. Su hombre. Su corazón y
su alma.

Bianca.

Estar tan cerca de él era un tormento que apenas podía soportar

Rayne Hardwicke tenía una vieja cuenta que saldar con Kingsley Clayborne, el play-boy arrogante y despiadado que había construido un negocio multimillonario a costa de su padre. Quería justicia… pero una parte de ella también quería algo más… Siete años antes, cuando solo era una adolescente, lo había amado en silencio. Y aún seguía adorándolo. Si sucumbía a sus impulsos, se delataría sin remedio, pero si no lo hacía corría el riesgo de perder la razón.

HARLEQUIN Bianca.

Elizabeth Power
Un engaño delicioso

Un engaño delicioso

Elizabeth Power

Acepte 2 de nuestras mejores novelas de amor GRATIS

¡Y reciba un regalo sorpresa!

Oferta especial de tiempo limitado

Rellene el cupón y envíelo a
Harlequin Reader Service®
3010 Walden Ave.
P.O. Box 1867
Buffalo, N.Y. 14240-1867

¡Si! Por favor, envíenme 2 novelas de amor de Harlequin (1 Bianca® y 1 Deseo®) gratis, más el regalo sorpresa. Luego remítanme 4 novelas nuevas todos los meses, las cuales recibiré mucho antes de que aparezcan en librerías, y factúrenme al bajo precio de $3,24 cada una, más $0,25 por envío e impuesto de ventas, si corresponde*. Este es el precio total, y es un ahorro de casi el 20% sobre el precio de portada. !Una oferta excelente! Entiendo que el hecho de aceptar estos libros y el regalo no me obliga en forma alguna a la compra de libros adicionales. Y también que puedo devolver cualquier envío y cancelar en cualquier momento. Aún si decido no comprar ningún otro libro de Harlequin, los 2 libros gratis y el regalo sorpresa son míos para siempre.

416 LBN DU7N

Nombre y apellido	(Por favor, letra de molde)

Dirección	Apartamento No.

Ciudad	Estado	Zona postal

Esta oferta se limita a un pedido por hogar y no está disponible para los subscriptores actuales de Deseo® y Bianca®.
*Los términos y precios quedan sujetos a cambios sin aviso previo.
Impuestos de ventas aplican en N.Y.

SPN-03   ©2003 Harlequin Enterprises Limited

Deseo

Un amor difícil

JENNIFER LEWIS

Brooke Nichols nunca había visto a su jefe, R. J. Kincaid, actuar así. Cierto que su madre estaba en la cárcel, acusada del asesinato de su padre, y que el hijo ilegítimo de su progenitor prácticamente le había arrebatado la empresa familiar, por la que tanto había luchado, pero eso no excusaba su mal comportamiento. Como haría cualquier secretaria que se preciase de serlo, cuando estuvieron a solas, le sirvió una copa, y después otra… y aquello acabó en un beso… y dos. Si no fuese porque ocultaba un secreto que podía destrozar a los Kincaid, tal vez aquella fantasía no tendría que acabar.

El beso que desarmó al jefe

Bianca

No era la típica damisela en apuros

Por encima de todo, el jeque Amir quería redimir los escándalos de su familia. Así que lo último que deseaba era tener que enfrentarse a una sensual y bella extranjera que acababan de entregarle para que se convirtiera en su esclava sexual.

Cassie había sido secuestrada por unos bandidos y entregada a un jeque como si fuera un objeto y no una persona, pero se negaba a ser el juguete de un hombre. Aun así, después de pasar una semana en la tienda de Amir fingiendo ser su amante, empezaba a darse cuenta de lo difícil que iba a ser resistirse a sus encantos. Sobre todo cuando tenían que compartir la misma cama...

HARLEQUIN *Bianca* especial JEQUES

Annie West
Esclava del jeque

Esclava del jeque

Annie West